Ritorno alle radici 3
Vivian Lamarque: Illegittimi / Ungewollt – und andere Gedichte
Übersetzt von Theresia Prammer 4
Serena Scarel: Juni 2017. Übersetzt von Michael v. Killisch-Horn 13
Jakob Leiner: Nullsummenspiel – und andere Gedichte 23
Andreas Maier: Rom. Fahrradblicke 27
Pietro Bembo: Der Appenin. Übersetzt von Fr. W. Genthe 31
Michaela Maria Müller: Nach Italien, Europa. Ein Vorwärtsmemoir 32
Cecco Angiolieri: Fromme Wünsche. Übersetzt von Richard Dehmel 35
Mattia Corrente: Annas Flucht. Übersetzt von Birgit Ulmer 37
Tobias Herold: Zwei Gedichte 49
Klabund: Blüten am Baum der italienischen Dichtung 50
Dino Campana: Bastimento in viaggio / Schiff unterwegs – und andere Gedichte. Übersetzt von Theresia Prammer 56
Carolin Fischer: Paradoxe Emanzipation auf Sardisch. Die Literatur-Nobelpreisträgerin Grazia Deledda 61
Gabriele d'Annunzio: Ex imo corde – und andere Gedichte. Übersetzt von Georg Holzer 66
Ursula Menzer: Lustwandeln mit Boccaccio 75
Francesco Maria Tipaldi: Opera del rapimento / Werk der Entführung – und andere Gedichte. Übersetzt von Ernest Wichner 78
Marko Martin: Neapel. Gustaw Herling, Benedetto Croce, Nicolaus Sombart und all die anderen. Eine Verknüpfung 87
Giovanni Della Casa: Sonette. Übersetzt von Christoph Ferber 92
Georges Güntert: Der unorthodoxe Petrarkist. Giovanni Della Casa als weltlich gesinnter Monsignore und als Dichter 101
Guido Guinizelli: Lob der Liebe. Übersetzt von Fr. W. Genthe 106
Andreas Holschuh: Camogli I 111
Beppe Fenoglio: Johnny. Übersetzt von Helmut Schulze 112
Giorgio Caproni: Bisogno di guida / Führungslos – und andere Gedichte
Übersetzt von Theresia Prammer 118
Klaudia Ruschkowski: Nient'è più possibile ormai. Pier Paolo Pasolinis Medea als »neues Theater« für einen »skandalösen Zuschauer« 124
Veronica Gambara: So offt' ich ewren Glantz, jhr hellen Augen, schawe
Übersetzt von Martin Opitz 133
Christoph Klimke: Eine Insel zwischen den Welten. Pasolini, Moravia, Morante und der »Re delle Fettuccine« 134
Christoph Klimke: Finale 139

Max Mahlow: Esercizi italiani 2, 12, 26, 36, 48, 60, 74, 86, 100, 110, 132

Neue Bücher 141 · *Genius Loci* 153 · *Anmerkungen* 154 · *Impressum* 160

* *. . . ch'Appennin parte, e 'l mar circonda e l'Alpe* (Petrarca: Canzoniere, CXLVI)

Ritorno alle radici …

… zurück zu den Wurzeln, wo die »metamorphosen« schon einmal waren: und zwar von 1996 bis 2015. Gegründet 1991 in Heidelberg von Brigitte Badelt, Sven Limbeck, Maike Lührs, David Potter und Christof Nikolaus Schröder, die sich mit ihrer »Unabhängigen Zeitung am Germanistischen Seminar« auch in die Hochschulpolitik einmischten, ging es den »metamorphosen« im Elfenbein Verlag einzig um »Literatur, Kunst, Kultur« – für die »Generation Golf« (Florian Illies) doch eher untypische Betätigungsfelder. Nach dem Verlagsumzug in die Hauptstadt fiel die Zeitschrift dann in einen mehrjährigen Dornröschenschlaf, aus dem sie erst eine neue Generation von Studierenden um Moritz Müller-Schwefe und Michael Watzka erwecken konnte. Unter ihrer Herausgeberschaft erschienen ab 2013 dann noch einmal zehn Nummern hier bei uns auf dem Prenzlauer Berg sowie einundzwanzig weitere in neuem Design zuletzt bei den Kreuzberger »Verbrecher«-Kollegen.

Nun sind auch diese sogenannten »Millenials« aus dem Gröbsten raus, haben ihre »Neue Folge« abgeschlossen und den Staffelstab an uns zurückgegeben. Und so nummerieren wir in unserm »antico stile« weiter, weshalb sie heute schon Heft 62 in Händen halten dürfen, das zudem – dank Buchmesseschwerpunkt – ausnahmsweise besonders umfangreich geworden ist. Mit Italien hatten wir uns vor 25 Jahren schon einmal beschäftigt, Paolo Maurensig, Dino Buzzati, Laura Pariani, Enrico Brizzi und Dario Fo hießen unsere Entdeckungen – wer kennt sie noch? Damals hatten wir noch gewagt, Sie mit »Ciao ragazzi!« zu begrüßen und zu behaupten: »Der erste Deutsche, der Italien nach Goethe ernstzunehmend bereiste, war Heinz Erhard.«

Wir sind älter geworden, naturgemäß, aber nicht verbittert, wir haben verstanden, dass, was gestern schon niemanden besonders interessierte, sich auch heute nicht wie geschnitten Brot verkaufen wird. Trotzdem wollen wir nicht lockerlassen: Inspiriert von den »Blüten am Baum der italienischen Dichtung« unseres Säulenheiligen Klabund gehen wir mit Ihnen auf einen kleinen Streifzug durch achthundert Jahre Lyrik und Prosa: fast ausnahmslos erstmals auf Deutsch, manches exklusiv für dieses Heft, von Veronica Gambara über Giovanni Della Casa bis zu Vivian Lamarque und Francesco Maria Tipaldi, nicht chronologisch, Gedichte und Erzählungen abwechselnd, trefflich garniert mit Sprühgrafiken von Max Mahlow – und versehen mit tausend Liebesgrüßen, Erinnerungen, sehnsüchtigen Blicken von der anderen Seite des Limes.

Die Herausgeber

< *Max Mahlow: La caffettiera*

Vivian Lamarque

Illegittimi

Diciamo sempre scusi diciamo
sempre grazie salutiamo per primi
per primi cediamo il passo temiamo
come il diavolo di disturbarlo
il mondo, doni puerili
stringiamo sempre in mano
ancora ci vergogniamo
di quell'ombra nel nome.
Eppure non temono nomi
né ombre i fiori dei prati.
Guardali, eretti tra terra
e cielo, tranquilli,
uguali tra altri fiori uguali,
uguali sotto gli astri uguali.

Quando facevate i compiti

Quando facevate i compiti in costume da bagno
ai tavolini del Lido uno con la testa che quasi
toccava il quaderno, una con la matita
nella ciocca dei capelli, erano millenni fa ma
colpo di fortuna che circa nel 1826 hanno inventato
la macchina fotografica e ora io vi guardo
e riguardo finché mi pare voi due e il mare (di occhi
azzurri tutti e tre) anche nell'aldilà me lo porterò
il mare con le sedie del Lido con su seduti voi e anche
tutto il treno regionale mi porterò che il sabato ci recapitava
la mamma mentre la campanella suonava stonata come
una campana e lei scendeva come una bambina-mamma
a braccia spalancate.

Ungewollt

Dauernd sagen wir Entschuldigung, sagen wir
Danke, dauernd grüßen wir zuerst
machen den anderen Platz, fürchten
wie der Teufel, wir könnten der Welt
auf die Nerven fallen, hören nicht auf,
uns an kindliche Güter zu klammern
immer noch schämen wir uns
für den Schatten in unserem Namen.
Und doch, die Blumen und die Wiesen,
sie fürchten weder Schatten noch Namen.
Schau sie dir an, aufrecht zwischen Erde
und Himmel, still,
gleich unter ihresgleichen,
gleich unter Sternen, die einander gleichen.

Als ihr mit euren Hausaufgaben beschäftigt wart

Als ihr mit euren Hausaufgaben beschäftigt wart, in Badesachen,
auf den kleinen Tischen am Lido, während eure Köpfe beinah
das Heft berührten, mit einem Stift zwischen den Haaren, es
geschah vor Tausenden von Jahren, aber eine
glückliche Fügung wollte, dass im Jahr 1826 etwa der Fotoapparat
erfunden wurde, und so betrachte ich euch jetzt Mal für Mal, solange
es mir passt, euch beide und das Meer (alle drei
mit blauen Augen), auch ins Jenseits werde ich es mitnehmen,
dieses Meer mit den Sesseln des Lido, und euch darauf und auch
den Regionalzug nehme ich mit, der am Samstag Mama
zu uns brachte, während das Glöckchen verstimmt klang wie
eine Glocke und sie ausstieg wie eine Kind-Mutter
mit weit geöffneten Armen.

Se dietro le fotografie

Se dietro le fotografie non scriviamo nomi
e cognomi, già nel giro di due
generazioni sarà tutto un coro
un infinito coro di chini sulle foto
a dire e questo? e questa? e questo
bambino? fratello? cugino? ma di chi?
Nelle stagioni delle finestre spalancate
usciranno nell'aria infiniti echi
di domande, di punti di domande.
E questo? e questa? forse uno zio
lontano? una lontana zia?
Ma quale zia e zia!
Ero io io io!
Sono io la mia fotografia!

La siepe

Dopo un po'
che lo si guarda
il mare
può capitare
di non sapere più
dove guardare
è tutto uguale.
Ci vorrebbe
una *siepe*
per immaginare.

Se sul treno ti siedi

Se sul treno ti siedi
al contrario, con la testa
girata di là, vedi meno
la vita che viene, vedi meglio
la vita che va.

Wenn wir auf die Rückseite der Fotos

Wenn wir auf die Rückseite der Fotos nicht die Namen
und Nachnamen schreiben, dann wird sich schon zwei
Generationen später ein unendlicher Chor einfinden,
ein Chor von Gesichtern, die sich über die Fotos beugen und
dabei sagen: Und der hier? Und die? Und dieses
Kind? Ein Bruder? Cousin? Aber von wem?
Zu den Jahreszeiten mit weit geöffneten Fenstern
werden unzählige Echos in der Luft liegen
von Fragen und Fragezeichen.
Und der? Und die hier? Vielleicht ein entfernter
Onkel? Eine entfernte Tante?
Ach was, von wegen Tante!
Ich selbst war die Unbekannte!
Mein Foto bin ich!

Die Hecke

Hat man das Meer
eine Zeitlang
angeblickt,
kann es passieren,
nicht mehr zu wissen,
woran man ist,
alles ähnelt sich.
Man brauchte
eine *Hecke,*
um es abzustecken.

Wenn du im Zug

Wenn du im Zug
verkehrt herum sitzt, mit dem Kopf
gegen die Fahrtrichtung, siehst du weniger
vom Leben, das kommt, dafür mehr
vom Leben, das geht.

Alla sua età

Alla sua età
È normale morire.
Nessuno si meraviglia
se uno alla sua età
muore.
Nessuno.
Ma lei sì!
Lei che sarei io, sì.
Sì, lei si meraviglierà,
io mi meraviglierò.
Tanto!

Esercito

Al bisogno faccio l'appello
le nomino le convoco e loro accorrono
in punta di gambette, di curve,
di occhielli, loro le lettere
a formare parole, le rifiutate
si ritirano mogie con la coda
tra le gambe, le prescelte si allineano
lì dove le metto, anzi non lì, là, anzi
qua, in riga! attente! riposo! a capo!
ordino al mio esercito fidato.
Per ora fidato.
(non lasciarmi mai, Alfabeto)

Non ne scrivono loro

Non ne scrivono loro.
Da morti non si scrive più.
Non ce ne inviano più –
di poesie –
i morti.

(nemmeno una?)

In ihrem Alter

In ihrem Alter
stirbt man eben.
Niemand wundert sich,
wenn in ihrem Alter
jemand stirbt.
Niemand.
Wohl aber sie!
Sie, also ich, sehr wohl!
Ja, sie wird sich wundern,
ich werde mich wundern.
Und wie!

Heer

Bei Bedarf schreite ich zum Appell,
ich rufe sie auf, berufe sie ein und sie eilen herbei
auf den Spitzen ihrer Beinchen, der Kurven
und Schlaufen, sie, die Buchstaben,
um Wörter zu bilden. Die nicht gebrauchten
treten kleinlaut den Rückzug an, mit
eingezogenem Schwanz, die Erwählten reihen sich ein,
wo ich sie haben will, nein, nicht da, dort drüben,
in einer Linie! Habacht! Am Absatz kehrtgemacht!
So befehlige ich mein verlässliches Heer.
Verlässlich auf Zeit.
(Alphabet, bleib an meiner Seite)

Sie schreiben keine mehr

Sie schreiben keine mehr.
Tote schreiben nicht.
Sie verschicken auch keine –
keinerlei Gedichte –
die Toten.

(nicht einmal eins?)

Come nel film Mamma Roma (1962)

Come nel film Mamma Roma che nel finale
Ettore Garofalo sul letto di contenzione sta per
morire e dice tante volte aiuto aiuto e nessuno
lo sente e mentre muore dice
non ce la faccio più mamma

Così tanti non sono sentiti da nessuno
come erba che dice acqua invano
come naufrago che invano dice terra.

Nel giardino di Emily D.

Quando entrai nel tuo giardino
era tutto fiorito di cosmee
vietato cogliere pensai.

Ma poi –
le colsi!
prezioso bottino!
Ma poi –
sulla tua tomba pensai
non sono mie sono tue
e molto a malincuore
te le resi.
Ma poi –
poi a mani vuote pensai e io?
a me cosa resta?
Allora dalla tua tomba strappai
un'erbetta con zolla e in Italia
mi portai lei, ecco.
Ma poi –
sopravviverà pensai?
Per sicurezza appena arrivate
le feci una fotografia
e poi le lessi una tua poesia.

Wie im Film Mamma Roma (1962)

Wie im Film Mamma Roma, wo am Ende
Ettore Garofalo auf dem Zwangsbett mit dem Tode
ringt und wieder und wieder um Hilfe schreit und keiner
hört ihn und während er stirbt, sagt er
Mama, ich kann nicht mehr

So geht es vielen, die keiner hört
wie Gras, das vergebens nach Wasser fragt
wie ein Schiffbrüchiger, der vergebens Erde sagt.

Im Garten von Emily D.

Als ich deinen Garten betrat,
war alles übersät mit Kosmeen.
Pflücken verboten, dachte ich bei mir.

Aber dann –
pflückte ich sie doch!
Kostbare Beute!
Aber dann –
an deinem Grab dachte ich,
sie gehören nicht mir, sondern dir
und schweren Herzens
gab ich sie dir wieder.
Aber dann –
mit leeren Händen dachte ich:
Und was bleibt nun für mich?
So riss ich aus deinem Grab
ein Grasbüschel mit Erde dran und brachte es
nach Italien, voilà.
Aber dann –
wird es halten, dachte ich?
Zur Sicherheit, kaum angekommen,
fotografierte ich es
und las ihm eines deiner Gedichte vor.

Übersetzt von Theresia Prammer

Serena Scarel

Juni 2017

Leo und Virginia beobachteten die Fähren voller dichtgedrängter, aufs Festland zurückkehrender Passagiere, die hundert Meter vom Ufer entfernt vorbeifuhren. Auf der flachen Oberfläche des Sees hinterließen sie eine Spur von Ruhe. Mit den Touristen verschwanden auch das Gelächter, die lauten Kommentare und das Gekreische der Kinder, die Fangen spielten auf dem einzigen Weg, der einmal um die ganze Insel herumführte. Sie war so klein, dass man in einer knappen halben Stunde einen angenehmen Spaziergang machen konnte, bevor man zum Ausgangspunkt zurückkehrte. Aber nur, wenn man langsam ging und sich die Zeit nahm, das grüne Wasser des Sees, die beiden anderen Inseln und das nicht weit entfernte Festlandufer zu bewundern.

Die Fraueninsel im Chiemsee, einem der Seen Bayerns. Eine Barockkirche mit durch die Feuchtigkeit verwaschenen Fresken und, sich daran anschmiegend, das alte Benediktinerinnenkloster. Daher, glaubte Virginia, der Name Fraueninsel: Insel der Frauen, der Nonnen. Jetzt war das Kloster ein Konferenzzentrum, die alten Zellen waren einfache Räume zum Übernachten geblieben, ein Bett, weiße Wände und ein übertrieben großes Kruzifix, von dem der leidende Christus in den ruhigen Hof spähte. Ein grüner Fleck mitten im Blau des Sees, mit ein paar Häusern, drei Restaurants und zwei Hotels.

Leo, der früher schon einmal auf einer seiner beruflichen Reisen nach Bayern dort gewesen war, hatte die Idee gehabt, eine Nacht hier zu verbringen. Vor etlichen Jahren hatte Virginia mit ihm die große Schwester des Inselchens besucht, die ausgedehntere und glamourösere, die Herreninsel. König Ludwig von Bayern hatte dort eine seiner zahlreichen Visionen verwirklicht, allerdings ohne die Kopie des Schlosses von Versailles vollenden zu können, die jetzt Besucher aus der ganzen Welt anzog. Massen von Touristen, dirigiert von Reiseleitern, bewaffnet mit bunten Regenschirmen oder einer riesigen Plastikblume oder einer banalen Fahne mit dem Logo des Reisebüros, überschwemmten die Insel.

Aber Leo hatte sie auf die Fraueninsel, die kleine Schwester, mitnehmen wollen. Auf der es keine Geschäfte mit Halstüchern, Kissen und Geschirrtüchern mit dem Bild der österreichischen Kaiserin Sissi oder von König Ludwig gab. Auch hier entkam man tagsüber nicht dem Knallen der Bierkrüge, die in unentwegtem Zuprosten aneinandergeschlagen wurden, und dem Geruch von Schweinsbraten, serviert an langen Tischen, an denen sich

< *Max Mahlow: La dolce vita*

Leute dazusetzten, bis kein Platz mehr frei war. Schulter an Schulter mit rüstigen Bayern in Lederhosen und mit Gamsbart am Filzhut saßen lächelnde Japaner verblüfft und begeistert vor Speisen, von denen sie nicht wussten, wie sie sie bewältigen sollten. Aber bevor es Abend wurde, kehrten sie alle an Land zurück und hinterließen eine vollkommene Stille.

Sie jedoch hatten das Gegenteil gemacht. Sie waren mit der Fünf-Uhr-Fähre auf die Insel gefahren, fast die einzigen Passagiere, und eine halbe Stunde später waren sie auf dem hölzernen Steg ausgestiegen. Zusammen mit zwei anderen Paaren, während auf dem Wartestreifen die Menge geduldig darauf wartete, an Bord gehen zu können, um zu den Autos auf dem großen gebührenpflichtigen Parkplatz am Ufer zurückzukehren. Müde Kinder schliefen auf den Schultern von Papas, und um die dunkle Brille herum waren die Gesichter gerötet von der Sonne.

Virginias Gesundheit hörte nicht auf, Leo Sorgen zu machen. Ihr Gemütszustand wollte sich einfach nicht bessern, sie kam ihm immer in sich gekehrter vor. In der Vergangenheit hatte sie ähnliche Phasen gehabt, sie hatten aber nur ein paar Tage gedauert, wie es bei vielen vorkommt, nicht Monate wie jetzt. Ein paar Tage Urlaub und Ablenkung würden ihr sicherlich guttun, hatte Leo gedacht und sie gedrängt, ihn auf dieser Reise zu begleiten. Sollte sich die Situation jedoch nicht verbessern, würde er versuchen, sie zu überzeugen, einen Spezialisten aufzusuchen.

Ein paar Minuten, nachdem sie die Fähre verlassen hatten, hatten sie schon ihr leichtes Gepäck im Hotelzimmer abgestellt. Jetzt saßen sie vor dem Restaurant, wie die wenigen, die auf der Insel geblieben waren, und genossen den anbrechenden Abend, ein Bier in der Hand. Die Geräusche der Menschen wurden leiser, während das behagliche Plätschern des Sees rhythmischer zu werden schien oder in der wiedergefundenen Ruhe deutlicher zu hören war. Die Schwüle des sonnigen Tages machte einer angenehmen Temperatur Platz. Später, wenn das Wasser des Sees die Luft abgekühlt hätte, indem es sie mit Feuchtigkeit erfüllte, würden sie einen Pullover anziehen müssen. Die blendende Schärfe der Reflexe auf dem Wasser hatte sich abgemildert. Die Anspannung eines Tages, der die fünf Sinne bombardiert hatte, war einem stillen Abend gewichen, den man in aller Ruhe genießen konnte.

Eine junge Katze mit rötlichem Fell kam unter einem der kleinen Holzboote hervor, die auf das Ufer gezogen worden waren, schaute sich mit verschlafenem Blick um und schnupperte die Luft. Sie streckte sich, den Schwanz hoch erhoben. Dann steuerte sie zielbewusst mit der typischen Gleichgültigkeit der Katzen auf ihren Tisch zu. Sie blickte Leo an und rieb sich an seinen Beinen. Er hatte sich gedankenverloren hinuntergebeugt und ihr weiches Köpfchen gestreichelt; die Katze sprang auf seine Knie, schnurrte – auch Virginia, die ihm gegenübersaß, konnte es hören –, legte die Vorderpfötchen unter ihre Brust, schloss die Augen und nickte ein. Leo machte ein ungläubiges Gesicht. Wie viele Jahre war es her, seit ihm das letzte Mal eine Katze in den Schoß gesprungen war?

»Leo, ich glaube, du bist adoptiert worden«, murmelte Virginia, und ihr Lächeln verursachte Leo einen Kloß im Hals.

»Ich fürchte, du hast recht. Dann wirst du mich wohl mit der Katze auf dieser Insel zurücklassen müssen.«

Aber es war zu erkennen, dass diese ungewohnte Aufmerksamkeit ihn glücklich machte.

Die Dunkelheit senkte sich nach und nach auf sie herab. Sie saßen unter einer Eiche, wenige Meter vor ihnen war die glatte Oberfläche des Sees und in der Ferne die dunkle Linie des Ufers zu erahnen, wo in den Häusern bereits Licht brannte. Die leisen Unterhaltungen der anderen Restaurantgäste, Gelächter, das ferne Motorengeräusch eines Bootes drangen an ihr Ohr, als wären sie die Akkorde des Auftakts der Nacht.

Mehr zu sich selbst als zu Leo flüsterte sie: »Vielleicht wäre es ganz schön, eine Weile hier zu bleiben …«

Dann schwiegen sie ein paar Minuten.

Da sie ahnte, dass das Abendessen gleich serviert würde, noch bevor die Menschen es bemerkten, streckte sich die rote Katze, zog auf den freien Stuhl neben Leo um und setzte ihr Nickerchen fort, sobald sie die richtige Position gefunden hatte. Die junge Kellnerin, die sie bediente, trug ein Dirndl in den Farben Blau und Smaragdgrün, das nicht nur ihre hellen Augen betonte, sondern auch ihr kunstvoll geflochtenes dunkelblondes Haar. Jetzt, am Ende des Tages, hatten sich ein paar Strähnen gelöst, fielen über ihre Stirn und ihren Nacken und unterstrichen ihre Jugend. Das Mieder, das vorn von einem Satinband zusammengehalten wurde, brachte ihren Busen unter der typischen dekolletierten Bluse zur Geltung und zog die Blicke an, wenn sie sich beim Servieren vorbeugte. Leo zwinkerte Virginia zu, die sich unnötigerweise verlegen fühlte und die schöne Kellnerin anlächelte, als müsste sie sich bei ihr für all die indiskreten Blicke des Tages entschuldigen.

Ein magischer Ort zu dieser Stunde. Die Luft roch leicht nach Moos, es gab keine Autos, die wenigen Geräusche waren … Wie waren die Geräusche? Altertümlich. Eine bessere Definition fiel ihr nicht ein. Sie spürte, wie eine unerwartete Gelassenheit sich in ihrer Brust ausbreitete, die sie veranlasste, Leos Hand zu streicheln. Er war gerade dabei, sich an den riesigen Kartoffelknödel zu wagen, der in der Bratensauce schwamm, und unsicher, wie er auf diese Liebkosung reagieren sollte, fiel ihm nichts Besseres ein, als zu sagen: »Knödel. Kartoffelknödel« und mit der Gabel auf denjenigen zu deuten, den er auf dem Teller hatte.

»Leberkäse«, antwortete sie darauf und deutete mit dem Kinn auf ihr Gericht. »Mit Kartoffelsalat«, fügte sie hinzu.

Das war ihr klassisches Ritual, wenn sie in einem Restaurant in dieser Gegend waren, da sie fast immer die gleichen Speisen bestellten. Eine Weile aßen sie, ohne ein Wort zu wechseln, wobei Virginia sich bemühte, nicht zu zeigen, dass sie wie üblich keinen Appetit hatte.

Es war ihr vierter Tag in Bayern. Leo musste an einer Veranstaltung mit einem jungen italienischen Autor im Literaturhaus in München teilnehmen. Virginia hatte ihn begleitet, da der Autor Italienisch sprechen und ein Dolmetscher für das deutsche Publikum übersetzen würde.

Da sie sich in der im Saal unterrepräsentierten italienischen Fraktion befand, hatte sie sich der Mannschaft des Autors zugehörig gefühlt, einem jungen Mann, den Leo ihr am Tag zuvor vorgestellt hatte. Die Aufmerksamkeit, die die deutschen Kulturinstitutionen den ausländischen Literaturen schenkten, nötigte Leo höchstes Lob ab. Er hätte alles dafür gegeben, um die Möglichkeit zu haben, etwas Ähnliches in Triest zu organisieren. Aber vielleicht verlangte er zu viel in einem Land, in dem nicht einmal genügende Mittel zur Verfügung gestellt wurden, um zu verhindern, dass Pompeji Stück für Stück zerbröselte.

Und München war eine so reiche Stadt. Man bemerkte es, wenn man durch die Maximiliansstraße spazierte, an deren Rändern reihenweise Luxusautos parkten. Die Schaufenster der Geschäfte im Zentrum präsentierten häufig ein einziges Objekt ohne Preisschild wie eine Reliquie von unschätzbarem Wert auf einem Altar. In den Museen war nicht zu übersehen, dass es nicht an Mitteln für kulturelle Ereignisse fehlte, und dank der sprichwörtlichen deutschen Effizienz wurden sie häufig sinnvoll eingesetzt.

Bei der Veranstaltung im Literaturhaus hatte der junge Autor sich gut geschlagen, vielleicht auch dank der Unterstützung durch den erfahrenen Leo, der ihn am Nachmittag ein letztes Mal gebrieft hatte. Sie hatten sich in einem Seminar kennengelernt, das Leo vor vier Jahren an der Universität von Bologna abgehalten hatte. Aus dem, was anfangs eine Beziehung zwischen Professor und Student gewesen war, war eine Freundschaft entstanden, die sich mit der Zeit vertieft hatte. Der junge Mann war nach Triest gezogen, um seinen Doktor zu machen, und Leo hatte ihn ermutigt zu schreiben. Wie sie da nebeneinander vor dem Publikum saßen, hatte Virginia das Gefühl, Vater und Sohn zu sehen in der Art, wie sie den Kopf zur Seite neigten, wenn sie konzentriert zuhörten. Ein schönes und schmerzliches Bild.

Obgleich er als Debütant bereits einen gewissen Erfolg in Italien gehabt hatte, konnte die deutsche Übersetzung, für die diese Veranstaltung organisiert worden war, ihm den Weg zu einem nicht nur renommierten, sondern auch wirtschaftlich interessanten Markt öffnen. Dank seiner Beziehungen jenseits der Alpen war es Leo gelungen, ihm diesen Abend im Literaturhaus zu verschaffen. Nach der Veranstaltung waren an dem Stand, der eigens im Foyer des Saals aufgestellt worden war, einundneunzig Exemplare des neuen Romans verkauft worden. In der Signierschlange hatten die letzten Zuschauer fast eine halbe Stunde gebraucht, um zum Podium zu gelangen. Auch den letzten hatte der Autor ein herzliches Lächeln geschenkt, als spürte er die Müdigkeit nach einem Abend im Scheinwerferlicht nicht.

Nachdem er sich mit einer väterlichen Umarmung von dem jungen Autor verabschiedet hatte und seine Verpflichtungen in München damit beendet waren, hatte Leo sich bemüht, Virginia von ihren düsteren Gedanken abzulenken, und ihr ein Programm mit Spaziergängen im Englischen Garten, dem weitläufigen alten Stadtpark, Kaffee und Kuchen in den besten Cafés und kulturellen Entdeckungen geboten. Sie hatten das Museum Brandhorst für zeitgenössische Kunst besucht, das Virginia noch nicht kannte. Das Licht spielte mit den Farben der Keramikstäbe, die die Außenfassaden dieses Quaders am Schnittpunkt des Kunstareals und des Universitätsviertels bedecken. Sie waren morgens hingegangen, gleich nachdem es aufgemacht hatte, und Leo hatte sie sofort in den ersten Stock geführt. Er wollte Cy Twomblys »Lepanto« exklusiv für sie haben, was ihnen zumindest für zehn Minuten gelang. Ganz allein standen sie in der Mitte dieses hellen sakralen Raums, während ihr Gesichtsfeld sich mit den Rottönen des tropfenden Bluts und dem Gelb der Sonne füllte, die eine Tragödie beschien, die die Jahrhunderte überdauerte.

Das Gelächter einer Gruppe von Schülern, begleitet von einer resoluten Lehrerin, schreckte sie auf, und mit einem komplizenhaften Blick entschieden sie sich für die gemauerten Bänke an der Wand, die unbequem waren, aber wenigstens konnten sie sitzen. Auch die Kinder wurden mehr oder weniger still, nachdem sie in den apsisförmigen Raum hineingelassen worden waren, der für die zwölf Bilder von Cy Twombly reserviert war. Trotz der Helligkeit des Saals und der weißen Wände herrschte dort die Atmosphäre einer Votivkapelle.

Virginia starrte auf die Farbflecken der Gemälde, die sich nach wenigen Augenblicken von ihrer Netzhaut lösten und sich angriffslustig auf den Weg in ihr Bewusstsein machten. Der Lärm, den sie heraufbeschworen, übertönte die Stimme der Lehrerin, die historische Daten herunterbetete. Das Getöse des Metalls, die Schreie der Verwundeten, das unheilvolle Knirschen der Bugs an den feindlichen Flanken in der Schlacht von Lepanto erfüllten den Raum, der zu eng war, um diese Tragödie zu fassen. Der metallische Geschmack in Virginias Mund ähnelte dem des Blutes. War es ihr Herz, das so heftig schlug, oder waren es die Trommler der Galeeren, die den Rhythmus des Massakers skandierten?

Währenddessen brachte das junge Pärchen, das sich neben sie gesetzt hatte, es nicht fertig, sich aus ihrer verliebten Umarmung zu lösen, und nach einer Weile stießen sie Virginia versehentlich an, rissen sie aus ihrem Albtraum und brachten sie in die Realität zurück. Die beiden lächelten ihr entschuldigend zu – gab es vielleicht eine Realität außerhalb ihrer Liebe? –, aber in der Zwischenzeit war dem Mädchen der Rucksack entglitten, der mit einem unschuldigen Plumps zu Virginias Füßen landete.

In dem Augenblick beugten sie und das Mädchen sich spontan mit ausgestreckter Hand hinunter, um ihn aufzuheben. Dabei stießen ihre Köpfe auf halben Weg mit einem beunruhigenden Knall aneinander. Beide richteten sich schlagartig auf, führten eine Hand zum Kopf und sahen sich an. Das Mädchen hatte die linke Hand am Kopf und Virginia die rechte, sie waren quasi Spiegelbilder voneinander. Leo und der Junge neben ihnen konnten sich daher ein Grinsen nicht verkneifen, das beide zu verbergen versuchten, indem sie den Kopf senkten. Virginia und das Mädchen blickten sich verblüfft und verlegen an und sahen dann in den Augen der jeweils anderen eine Erheiterung gespiegelt, die in ein Gelächter mündete, das alle Anwesenden veranlasste, sich nach ihnen umzudrehen.

»Es ist schön, dich wieder lächeln zu sehen«, flüsterte Leo, während der Bierkrug, den er im Begriff war, zu den Lippen zu führen, auf halbem Weg in der Luft verharrte. Die Insel machte sich für die Nacht bereit. Aus dem Restaurant drang das Geräusch von Stühlen, die an den Tischen zurechtgerückt wurden, und verkündete die nächtliche Pause.

»Ich dachte gerade wieder an das Anstoßen der Köpfe bei Twombly.«

Und während ihr Lächeln zusammen mit den Lichtern der nahen Häuser erlosch, in denen die wenigen Feriengäste das Kerzenlicht vorzogen, erzählte sie ihm, wie sehr Lepanto sie hypnotisiert und ihren Geist auf ein stürmisches Meer des Todes geschleift hatte, auf dem nicht nur die blutigen Körper türkischer und venezianischer Soldaten trieben, sondern auch die von Kindern und Frauen, die aus Afrika geflohen waren und immer noch nutzlose orangefarbene Westen trugen, die nur noch die Leichen über Wasser zu halten vermochten.

Die Geschichte, überlegte sie laut, wiederholte ihre Gräuel, und die Menschheit beschränkte sich in ihrer unverzeihlichen, egoistischen Gleichgültigkeit darauf, es ihr durchgehen zu lassen. Das Leid erneuerte sich unaufhaltsam in ständig neuen Zyklen, und mal in fernen Ländern, dann wieder vor unseren Augen, in den Fluten des Mittelmeers, verschwand ein riesiges Massengrab, in dem noch Platz war für ganze Völker.

»Wenn es Gott gäbe, würde er das alles nicht zulassen. Oder er ist ein böser Gott, da er uns nach seinem Ebenbild erschaffen hat«, beendete sie kategorisch ihren unerwarteten Ausbruch.

Leos Hand griff nach ihrer und drückte sie fest, als versuchte er, sie aus einem Abgrund zu retten, der sich auf einmal zu ihren Füßen geöffnet hatte. All der Schmerz, der blutrot von Twomblys Schiffen tropfte, unter dem hellen Gelb einer auf ewig gleichgültigen Sonne. Das drollig stummfilmartige Aneinanderschlagen der Köpfe hatte sie von den düsteren Gedanken abgelenkt, die immer auf den gleichen Punkt zielten. Auf diese Wunde, die sich nie geschlossen hatte. Mit dem Schmerz der Welt kehrte das Bewusstsein des Verlustes zurück. Ihres Verlustes. Eine Geschichte, die seit Jahren regelmäßig wieder hochkam wie ein aufgedunsener Leichnam. Der Verlust von zwei Föten, der erste im fünften, der zweite im dritten Schwangerschaftsmonat. Sie waren gegangen, ohne dass sie sie hatte sehen können, zu schwach wegen der Blutung, die nicht aufhören wollte. Schließlich hatte man ihr mitgeteilt, dass sie keine Kinder würde haben können, und das war der endgültige Verlust gewesen. Sie würde nicht Mutter werden können. Sie hatte sich eingemauert, gelähmt gefühlt durch einen Betonguss, der ihr jede Wahl genommen hatte, während eine sinnlose Auflehnung sie innerlich quälte. Sie erinnerte sich noch heute an das, was der Gynäkologe zu ihr gesagt hatte. Er hatte das Argument vom Tisch gewischt, indem er ihr versichert hatte, wie viele Frauen auch ohne Kinder glücklich seien.

Was wusste er als Mann schon davon, was es für eine Frau bedeutet, sich ein Kind zu wünschen? Und wie dumm und arrogant musste man sein, um ihr gegenüber, die gerade zwei Kinder verloren hatte und nie mehr ganz über diesen Verlust würde hinwegkommen können, von glücklichen Frauen zu sprechen? Die Diagnose lautete nicht: »Sie wünschen sich nicht aus freien Stücken, Kinder zu bekommen«, sondern: »Sie können keine bekommen, obwohl Sie sich welche wünschen.« Es gab Frauen, die sich angesichts dieses Urteils ohnmächtig fühlten. Sie fühlten sich unfähig, nichtsnutzig oder ganz einfach zu nichts zu gebrauchen. Unvollständige Frauen.

In jenem Museum, vor den Gemälden, die auf den ersten Blick nichts als Flecken von Primärfarben waren, war ihr ein weiteres Mal etwas bewusst geworden, das die Situation noch unerträglicher machte. Ihr war die Möglichkeit genommen worden, das eigene Kind zu sehen, das mit seinem Mündchen ihre Brust suchte, seine noch durchsichtigen Lider zu beobachten, die sich im Schlaf bewegten, um Lichter und Farben einzufangen, dieses Gefühl von Liebe zu empfinden, das sich ungestüm Bahn brach. Kleine Hände, die eine größere Hand suchten, Tränen, die nach einem Sturz getrocknet, Launen, die beruhigt werden mussten. All dies war ihr verwehrt. Doch wie viel größer war das Leid, wenn eine Mutter, nachdem sie all das genossen hatte, den Tod des Sohnes oder der Tochter beweinen musste. Eine Stimme, die nie wieder »Mama« sagen würde. Das fehlende Geräusch vertrauter Schritte. Die in einen Schrank weggeschlossene Kleidung, die nie mehr gewaschen werden musste. Kinder, die unter die Mühlsteine dieser unsinnigen und dummen Kriege geraten waren, die ihre Väter angezettelt hatten.

»Wie unbedeutend ist mein Schmerz verglichen mit dem ganzer Völker und ganzer Generationen von Müttern, die ihre Kinder verloren haben«, hatte sie gedacht und sich ihres Schmerzes geschämt, den sie immer noch in sich trug. Manchmal gelang es ihr, ihn zu vergessen, und dann fühlte sie sich fast glücklich. Und dann schlich er sich ohne Vorwarnung wieder in ihre Seele, wie eine Wunde, die sich unaufhörlich immer wieder öffnete, eine Erbsünde, an der sie nicht schuld war, aber von der keine Taufe sie würde erlösen können.

Aber über all das sprach sie mit Leo nicht. Das war Schnee von gestern. Es blieb die Frage, auf die sie niemals eine zufriedenstellende Antwort finden würde. Eine Antwort, die ihr erlauben würde, sich trotz allem wenn auch nicht im Frieden mit sich selbst, so doch wenigstens im Frieden mit der Welt zu fühlen: Welches Recht hatte sie zu leiden?

Jetzt saßen sie am Ufer des Sees, dessen Wasser alles Licht aufzusaugen schien, während die Formen auf der Insel zuerst ihre Farben und dann ihre Umrisse verloren und dunkle Gebilde wurden. Die Einladung zu einer friedlichen Pause, die bis zum Anbruch eines neuen Tages dauern würde.

Sie bezahlten die Rechnung und erkundigten sich nach der Katze, die die ganze Zeit bei ihnen geblieben war und die Hälfte von Virginias Leberkäse gefressen hatte, so dass auf ihrem Teller nur noch ein Rest Kartoffelsalat lag.

»Sie gehört niemandem«, erwiderte die Kellnerin. »Anfangs waren sie zu zweit, aber das Weibchen wurde letzten Sonntag von einer Touristenfamilie mit zwei Kindern adoptiert.«

Sie gingen den dunklen Weg entlang. Die weiße Mauer der Kirche trennte sie ein paar Meter lang von dem leisen Rauschen des Lebens – hier eine Stimme, dort ein Stuhl, der über den Boden kratzte –, das die Insel noch bevölkerte. Sie blieben stehen, um das Glitzern der Sterne zu bewundern, die dank der Abwesenheit von Lichtquellen nah und in großer Zahl leuchteten.

Virginia zuckte zusammen und schmiegte sich erschrocken an Leo. Dann musste sie lachen, weil es nur das Kätzchen war, das ihnen gefolgt war und sich jetzt an ihren Beinen rieb.

»Du bist ein entschlossenes Kerlchen«, flüsterte sie. »Ich habe das Gefühl, du hast einen präzisen Plan.« Dann streichelte sie es. »Das machst du sicher nicht mit jeder Person, die dir zufällig begegnet, oder?«

Leo hatte den Kopf erhoben und bewunderte den Sternenhimmel, so dass er nicht gleich begriff: »Ah, sie ist uns gefolgt. Das macht sie sicher mit allen.«

»Genau«, dachte Virginia lächelnd. Wenn die Mieze beschlossen hatte, die Insel mit ihnen zu verlassen, würde sie Leo überzeugen müssen. Aber sie war sich sicher, dass das nicht schwierig sein würde.

»Reden wir morgen darüber, einverstanden?«, flüsterte sie dem Tier komplizenhaft zu und holte Leo ein, der weitergegangen war und sich wenige Schritte vor ihr befand, fast verschluckt von der Dunkelheit.

Die feuchte Luft des Sees ließ sie frösteln, obwohl sie ihren Pullover angezogen hatte, aber es war keine unangenehme Empfindung. Sie gingen an ein paar Booten mit eingezogenen Rudern und an einer winzigen Bucht vorbei, in der ein Motorboot lag. Zu ihrer Rechten spielte eine kleine Gruppe von Personen – sie sah zwei Paare und drei Kinder – Karten im Esszimmer eines Hauses. Durch die Terrassentür, weit offen zum kleinen Garten und dem dunklen Wasser des Sees, hörte sie sie lachen. Nur ein paar Dutzend Meter noch, und sie hatten die kleine Insel umrundet.

An einer Einfriedungsmauer wurde der Fußweg schmal und hinderte sie daran, nebeneinander weiterzugehen. Zu ihrer Linken verbarg das Schilf das Wasser, das es rascheln ließ. Plötzlich war kaum zwei Meter vor ihnen das besorgte Schnattern einer Ente zu hören. Sie hatten Mühe, die Katze zu erkennen, die auf sie wartete und nicht das geringste Interesse für das Nest des alarmierten Vogels zeigte. In der Stille drang ihr Schnurren zu ihnen. Leo streichelte rasch ihr Köpfchen, ohne sich wirklich hinunterbeugen zu müssen, da die Katze sich aufgerichtet und die Vorderpfoten auf Leos Hosenbein gelegt hatte. Für einen Augenblick sah es so aus, als wollte sie auf ihn klettern. Dann ließ sie von ihm ab und begab sich mit hocherhobenem Schwanz zu den Lichtern des Restaurants, in dem Virginia und Leo zu Abend gegessen hatten und das jetzt nur wenige Schritte entfernt war.

»Trinken wir noch ein letztes Bier, bevor sie schließen, da wir nur die Treppe hinaufzugehen brauchen, um unser Bett zu erreichen?«, schlug Leo ihr vor, flüsternd, um den Zauber nicht zu brechen. Sie brauchte nur zu nicken. Warum nicht? Das würde ihr helfen, besser zu schlafen. Ihr Bett wartete im Hotel neben dem Restaurant auf sie, eine Treppe und ein kurzer Flur, und sie wären da. Aber das Bier war sicher nur ein Vorwand, sie wollten einfach noch ein wenig die friedliche Atmosphäre genießen, die sie umgab. Und so setzten sie sich weit weg von den gedämpften Lichtern, die aus den Terrassentüren drangen und die wenigen anderen Gäste beleuchteten.

Diesmal blieb die Katze die ganze Zeit ruhig auf Leos Knien sitzen, und als die Kellnerin im blauen Dirndl ihnen die Biere brachte, tauschte sie mit Virginia ein komplizenhaftes Lächeln aus.

Am nächsten Morgen konnten sie beim Frühstück noch die Ruhe der Insel genießen, bevor die Fähren ihre Fracht von Ausflüglern ausluden. Zum Glück waren die Touristen nicht schon im Morgengrauen munter. Sie hingegen schon. Sie waren vor sieben Uhr aufgestanden, als noch keine Menschenseele unterwegs war. Nur die Katze, die aus irgendeinem dunklen Grund informiert war, um welche Zeit sie hinausgehen würden, erwartete sie. Sie hatten zweimal die Insel umrundet, einmal im Uhrzeigersinn und einmal im Gegenuhrzeigersinn, um das Panorama zu genießen, das sich je nach Blickrichtung in der Magie dieser morgendlichen Stunde veränderte. Mit jedem Schritt löste die Kühle sich in der Milde der ersten schüchternen Wärme auf.

Virginias Herz hielt nichts davon, leicht zu werden, die ganze Schönheit des Lichts, das das ruhige Wasser des Sees und die Berge in der Ferne beleuchtete, erreichte sie nicht. Die Bilder blieben in ihren Augen und schafften es nicht, den Weg in ihre Seele zu finden. Sie versuchte vergeblich, sich auf diesen Augenblick und auf dieses Licht zu konzentrieren, und war Ludwig – man musste der Katze ja schließlich einen Namen geben – dankbar, dass er sie ablenkte, indem er aus einem Busch vor ihnen auftauchte oder zwischen ihren Beinen herumstrich.

Sie hatten alle Zeit der Welt, sich dem üppigen Frühstück zu widmen, mit Käse, gemischtem Aufschnitt und einer Waldfruchtmarmelade, die ein Gedicht war. Nur für Leo Rührei mit Speck. Virginia, die morgens keinen Appetit hatte, bemühte sich, ein Brötchen mit der Marmelade hinunterzuwürgen, und fütterte zwischendurch möglichst unauffällig die Katze mit Wurstscheiben und Käse. Sie sprachen kaum miteinander, das war nicht nötig. Nach dem Frühstück faulenzten sie noch ein wenig, die Bäume ließen nur wenige Sonnenstrahlen durch, und die gesprenkelten Schatten und Lichter verstärkten noch die Ruhe des Augenblicks. Es würde ein weiterer schöner Tag auf der Fraueninsel werden.

Es war noch nicht elf, als sie sich zur Fähre begaben, die sie aufs Festland und zu ihrem Auto zurückbrachte. Unter Leos Arm, in einem alten Korb, den die Kellnerin weiß der Teufel wo hervorgeholt hatte, tat Ludwig so, als schliefe er, ein Pfötchen über den Augen, zufrieden, dass er sein Ziel erreicht hatte.

Übersetzt von Michael von Killisch-Horn

Jakob Leiner

Nullsummenspiel
(11.07.2021)

ein tag zum fressen gern
hochaufgelöst könnte
passen zu dem ball
den wir als sonne kennen
in blauer monochromie
die tomaten fütternd
und zu dem andern der nachher
rollen wird italien
gegen england *FI*
NALE eins zwei drei bier
trikot lothar matthäus
inter streifen 10
damals einundneunzig
(wer den fußball nicht hält
muss diesen textangriff hassen)
geht mein plan vielleicht
beim dritten kaffee auf
zwei halbzeiten zu joggen
am *VOR! VOR!* vormittag
denn mein stoffwechsel
ist wahrlich keiner dem regel
mäßiger sport nicht gut
täte vorausgesetzt
es zwitschert ein bmi
mit den krallen von
der klimmzugstange baumelnd.

Vierteilen
(02. 07. 2016)

ein anfangjulimöndchen
ich habe alles gegeben
von mir und das fieber erweckt
kraft noros gekreuzigt im bett
das ganze spiel erlitten
so grätscht in die ratlosigkeit
azurblauer wunsch hinein
und hat den ball gespielt
nicht doch konsequent zücken
die glieder mit städtischem raunen
im einklang ein minutiöses
staccato elf meter schätze ich
sind es das fenster zu schließen
der schweiß ist mir da eruptiert
ein waschlappen jäh verspeist
und keinen ersatz mehr im haus
schleicht jemand der alles verfolgt
oder nur nach mir schaut
wer hat das tor offen gelassen
und flößt mir ein salz aller erde
– – –
ich bin in den schlaf gedribbelt
ergebnislos geschwächter
feldmagnet träumte
von weißer erdapfelblüte
und kam historisch zurück
bewusstsein zum strauß gepflückt
das körperselbst muss sich
verschwenden.

Memento
(29. 06. 2024)

woher die zimtnote in deinem schweiß
geruch sie wehte links von mir
eint blut und wasser in einem verhältnis
standen wir nicht den nasen nach
für gott auf der linie mit unruhigen füßen
beim ersten spiel noch namenlos
la bella figura ein sterbender schwan
du gestikuliertest dir mars herbei
bis locken und augen rußschwarz geworden
die tür des begehrens nun entriegelt
sah ich dir das griechische kreuz
brustwärts versenkt nahm anteil daran
am niedergang eines so stolzen prinzips
zuvor schon vorbeigeschrammt am stollen
eines ehrwürdigen gladiators
der sich verwegen in karos hüllte
enttäuschung dich ein sang nachtigall
da gab ich den tröster der ich bin
mein kehlkopf mit der terz nach unten
geschenk für dich ein flammkuchenstück
– – –
wären wir ausgeschiedene bloß
zusammen ich hätte für dich verloren
allein die eigene mannschaft gewann
beim jupiter später im auge des sturms
dort über jedes necken erhaben
wurde die nacht in bronze gegossen
bedenke das sterben und gib dich hin
wir tauschten trikots in deiner wohnung.

PS

ich wünsche dem italienischen fußball
sowie den malaisen dieser welt
alles gute besserung.

Andreas Maier

Rom. Fahrradblicke

Zunächst dachte ich, es läge an mir. Als könnte nur ich das und die anderen vielleicht nicht. Ich selbst hätte es von mir aus allerdings nie gewagt. Ich wäre nicht einmal auf den Gedanken gekommen. Ich hatte ja nicht vor, mich umzubringen. Damals war ich neununddreißig Jahre alt und nicht lebensmüde.

Es war, kurz gesagt, in Rom.

Der Februar war regnerisch wie immer dort. Im März begann ich mit Dauerlauf, das ging ganz gut, ich kam nie über allzu große Straßen. Allerdings hatte ich kaum Zeit für die Stadt, ich mußte eine Arbeit erledigen, fünf Vorlesungen für Deutschland schreiben, und zog mich zurück. Es beanspruchte drei Monate. Manchmal fuhr ich mit einem Bekannten ins nahegelegene Arricia oder nach Frascati, ich glaube, in einem BMW. Es ist schon abenteuerlich, dem römischen Stadtverkehr beizuwohnen, und dem auf dem Land ebenfalls, dachte ich damals.

Wir wohnten in einer Villa zwei Kilometer außerhalb des alten Stadtkerns. Dort hatten wir ein Faktotum, er hieß Dennis. Dennis konnte tatsächlich so ziemlich alles, von Gärtnerei über EDV bis hin zu Kochen. In der Küche habe ich viel von ihm gelernt. Zum Sommeranfang, mein Kopf war endlich frei, machte er den Vorschlag, in die Stadt zu fahren, um dort ins Kino zu gehen. Ein Kino auf dem Campo de' Fiori. Aha, also Busfahren. Man konnte mit dem Bus bequem hinkommen.

Er sagte, nein, viel zu gutes Wetter, er will mit dem Fahrrad fahren.

Fahrrad?

Ich war mehr als ungläubig. Man kann doch in Rom nicht Fahrrad fahren, sagte ich. Wie soll man sich das denn vorstellen?

Wieso, fragte er. Fahrradfahren ist super.

Dennis, sagte ich, du bist ein Draufgänger, das weiß ich, aber man kann hier nicht Fahrrad fahren.

Haben Sie einmal versucht, in Rom eine Straße zu überqueren? Zahllose Male habe ich in diesem römischen Jahr hilflose nichtrömische Menschen gesehen, die die Straße überqueren wollten, aber kein Auto hielt, sie verzweifelten schier. Wissen Sie, was die Lösung des Problems ist? Wenn Sie einmal in Rom waren, kennen Sie entweder die sehr einfache und überraschende Lösung des Problems – oder Sie stehen bis zu diesem Augenblick immer noch am Straßenrand und sind nie weitergekommen.

Aber Fahrrad?

Ich hatte überdies kein Fahrrad.

< *Max Mahlow: Portofino*

Dennis sagte, er könne mir eines leihen. Ich seufzte und wollte nicht als Feigling dastehen. Na gut, ich willigte ein.

Am Anfang, die Via Nomentana entlang Richtung Aurelianische Stadtmauer, ging es noch. Nicht allzu viel Verkehr. Dennis allerdings verhielt sich abnorm und tat, was ein deutscher Normalfahrradfahrer nie machen würde: An jeder roten Ampel fuhr er einigermaßen aggressiv und halsbrecherisch (so kam es mir vor) bis ganz nach vorn und sperrte die Autos hinter ihm. Er stand immer als erster an der Ampel, neben ihm bloß Motorini. Ich wollte ihn fragen, warum er das mache (ich blieb bei ihm und sperrte also nun auch die Autos, wofür ich in Deutschland hingerichtet worden wäre), aber der Lärm der mit dem Gas spielenden Motorinifahrer war zu groß. Wir passierten die Porta Pia und befanden uns nun im recht kleinteiligen Verkehr auf der Via Venti Settembre. Dort wiederholte Dennis das Manöver an jeder roten Ampel: An allen Autos vorbei nach vorne an die erste Stelle und dort die Autos sperren. Die Motorini-Fahrer verhielten sich ebenso. Seltsamerweise schienen sie mit ihren PS-Rollern uns Radfahrer zu akzeptieren. Zumindest behinderte uns niemand oder drängelte uns weg. In Deutschland hätte jeder Rollerfahrer an der Stelle gezeigt, wer hier der Platzhirsch ist, nämlich der Motorisierte.

Warum dieses Sperren? Alsbald verstand ich es. Es war eine völlig normale Verhaltensweise, die nichts mit Aggressivität und Halsbrecherei zu tun hatte. Es geht schlichtweg darum, daß die Autofahrer kaum darauf achten, ob jemand rechts neben ihnen steht. Sie biegen einfach ab. Das weiß jeder. Also fährt man vor sie, dann sehen sie einen. Jeder römische Autofahrer akzeptiert nicht nur, daß er in diesem Moment gesperrt wird, sondern er würde jede andere Verhaltensweise für nicht nachvollziehbar und gefährlich halten. Dennis paßte sich also lediglich dem gewöhnlichen Verkehrsfluß an. Einem Deutschen muß das zunächst ganz anders erscheinen. Allerdings hat eben, wie wir noch sehen werden, der römische Autoverkehr mit dem deutschen nur die eine Gemeinsamkeit, nämlich daß Autos gefahren werden. Die Römer selbst verhalten sich im Verkehr völlig anders als wir.

Zunächst aber zurück zum Fußgängerproblem. Stehen Sie immer noch am Straßenrand, hält noch immer kein Auto für Sie? Nicht wahr, Sie haben eine Heidenangst davor, auch nur einen Schritt auf die Straße zu setzen? Jetzt machen Sie mal folgendes. Sie setzen mal nicht einen vorsichtigen ersten Schritt testweise auf die Straße, sondern Sie zeigen jetzt eine natürlich entschlossene Körperhaltung und gehen los. Ja, Sie dürfen gern vor Angst schreien, aber gehen Sie los!

Es passiert das Wunder. Die Autos halten. Sie, der Passant, durchschreiten den Verkehr wie Moses das Rote Meer.

Der Römer, als ich ihm längst als Verkehrsteilnehmer vertraute, mehr, als ich ihn längst schätzte, schien mir durch meine deutschen Augen betrachtet nicht so ganz sicher zu sein, ob er sich in jedem Moment richtig verhält. Kann sein, daß er stets davon ausging, vielleicht doch irgendwie etwas falsch zu machen, und daß er daher mit einer gewissen Vorsicht fuhr. Nein, Vorsicht wäre das falsche Wort, es erweckt zumindest einen falschen Eindruck. Er fuhr so, als ginge er davon aus, mit dem, was er gerade tut, nicht unbedingt recht haben zu müssen. Wenn man davon ausgeht, mit etwas nicht unbedingt recht zu haben, wird man nicht allzu sehr auf dieser Sache beharren. Einmal fuhr eine Kollegin von mir in einer kleinen Einbahnstraße gegen die Richtung, auch noch bei Dunkelheit und wahrscheinlich sogar ohne Licht. Ein Autofahrer touchierte sie, sie stürzte und trug unserem Selbstverständnis nach natürlich alle Schuld, aber für den Römer nahm sich die Situation ganz anders aus: *Er* hatte sie angefahren, und sie war auch noch das schwächere Verkehrsglied. Der Römer entschuldigte sich hundertfach, erkundigte sich geradezu dramatisch nach ihren eventuellen Blessuren und bot ihr sofort an, sie ins nächste Krankenhaus zu fahren. Er machte ihr keinerlei Vorwürfe und ließ es auch nicht auf sich sitzen, als sie sagte, sie sei doch selbst völlig allein an allem schuld. Glücklicherweise war nichts passiert, aber wir hatten die Römer wieder ein Stück besser begriffen.

Noch etwas anderes meinte ich beobachtet zu haben, was ebenfalls Grund für diese permanente, für uns fast drollige Nicht-Rechthaberei im römischen Verkehr sein könnte. Vielleicht ist es so, daß der Römer/die Römerin nur auf einen vergleichsweise begrenzten Horizont um sich herum achtet. Also daß Dinge überhaupt erst wahrgenommen werden, wenn sie sich im Umkreis von sechs oder acht Metern um einen herum befinden. Der Deutsche dagegen, vor allem der deutsche Mann, ist geradezu stolz darauf, jederzeit überall die totale Kontrolle über das gesamte Blickfeld von dreihundert Meter vor ihm bis in die hintersten Winkel des Rückspiegels zu haben, mit einer ständigen aggressiven Konzentration wie der Tornadopilot im Kriegseinsatz. Der Deutsche weiß hunderte Meter im Voraus ganz genau, was jeder der in Sichtweite befindlichen Verkehrsteilnehmer darf und was er nicht darf. Der Deutsche hätte meine Kollegin vor Gericht zu Rechenschaft gezogen oder sich wenigstens von der Versicherung noch den kleinsten Kratzer bezahlen lassen. Er hätte erst einmal Gutachter geholt und das Auto prüfen lassen.

Dennis und ich befinden uns auf unserer Fahrradfahrt nun in Höhe der Via delle Quatro Fontane. Ich kenne die Strecke und weiß, was auf uns zukommt. Bald werden wir den Palazzo del Quirinale passieren, und ab da werden vier Kurven kommen, bei denen es in eine Schußfahrt übergeht, wenn man nicht bremst, ich kenne es vom Bus. Am Ende wird man dann auf den Kreiselverkehr der Piazza Venezia stoßen, als Zieleinlauf dieser Abfahrt. Man könnte diese Strecke auch »die Streif« vom Rom nennen. So etwas mit dem

Fahrrad hinunterzufahren geht vermutlich nur, wenn man ständig bremst und versucht, sich ganz rechts am Rand zu halten. Bloß nicht auffallen! Wegducken! Ich habe das eindeutige Gefühl, daß ich da nicht herunterfahren will. Nur ist Dennis inzwischen schon fünf Meter vor mir. Gerade streckt er die Beine durch, kommt aus dem Sattel und wackelt locker und offenbar voller Lust hin und her. Was hat er vor? Was hat dieser Wahnsinnige vor?

Erste Kurve, die Schußfahrt beginnt, Dennis nimmt Fahrt auf, kümmert sich um kein Auto mehr und fährt mitten auf der Fahrbahn. Er wird immer schneller, sein Tempo paßt sich dem der Autofahrer und Motorini an. Ich versuche hinter ihm zu bleiben. Zweite Kurve! Die Verkehrsschlange zieht sich weiter auseinander, es sieht aus wie bei einer Tour-de-France-Abfahrt, nur daß hier zwei einzelne Fahrradfahrer zwischen einer Lawine aus Metall herunterrasen. Mir bleibt nichts anderes übrig, als es meinem Führer gleichzutun. In diesem Moment habe ich nur zwei Gedanken im Kopf: Entweder wird Dennis wissen, was er tut, oder ich habe mich schlichtweg einem Verrückten überantwortet und werde das hier wohl kaum schadlos überstehen. Unser Tempo steigt immer mehr, was wird bloß auf uns zukommen? Dritte Kurve, wir nehmen sie wie die Rennfahrer, das Tempo wird mörderisch, Dennis läßt freien Lauf und tritt sogar in die Pedale, wie Kanonenkugeln schießen wir einher. Vierte Kurve, und da sehen wir sie vor uns in der Ebene, die Piazza Venezia, den italienischen Kreisverkehr, zügellos, ordnungslos, chaotisch, eine Wand. Wir stürzen auf eine Wand von Autos zu! Dennis in der Mitte der Straße, tiefe Körperhaltung, ich nahe hinter ihm. Gleich wird es geschehen. Va banque, es gibt jetzt kein Zurück mehr.

So schießen wir in den Kreisel, und nicht nur das, wir rasen mitten hinein, genau auf die Mitte des Verkehrs zu.

Und das Wunder geschieht. Nichts passiert. Alle lassen uns einfach hineinfahren. Als wären wir ganz normale Autos. Sie sehen, wir wollen in den Kreisverkehr, offenbar mit ausreichender Entschlossenheit, also lassen sie uns einfach durch. Wir behindern sie nicht, sie behindern uns nicht, alles findet auf Augenhöhe statt, Auto, Fahrrad, Motorino. Wir sind im Kreisverkehr, mitten auf der breiten Spur, links und rechts von uns überall Autos und Motorenlärm, und schwimmen jetzt mit.

Es ist dieser Moment, in dem ich Rom und seinen Verkehr verstand, und es begann eine große Liebe. Jedesmal war es ein unglaublicher, magischer Moment, diese Schußfahrt auf die Piazza Venezia hinab. Später übte ich selbst andere darin ein, einmal probte ich mit einem damals gerade weltberühmt werdenden deutschen Schriftsteller die Einfahrt nach viel sanfterem Gefälle in einen kleineren Kreisel am Piazzale delle Provincie. Vorher hatte ich ihm gesagt, wie er sich zu verhalten habe. Er brüllte tatsächlich hinter mir vor Angst. Dann hatte auch er Rom verstanden.

Pietro Bembo

Re degli altri, superbo e sacro monte,
ch'Italia tutta imperïoso parti
e per mille contrade e più comparti
le spalle, il fianco e l'una e l'altra fronte,

de le mie voglie mal per me sì pronte
vo risecando le non sane parti,
e raccogliendo i miei pensieri sparti
sul lito, a cui vicin cadeo Fetonte:

per appoggiarli al tuo sinistro corno,
là dove bagna il bel Metauro e dove
valor e cortesia fanno soggiorno;

e s'a prego mortal Febo si move,
tu sarai 'l mio Parnaso, e 'l crine intorno
ancor mi cingerai d'edere nove.

*

Der Appenin

Du stolzer, heil'ger Berg, du Fürst der Höhen,
Deß Züge ganz Italien herrschend scheiden,
Auf tausend Gauen, Triften, Fluren, Weiden
Sind deine Schultern, Seit' und Stirn zu sehen.

Der übeln Launen Unmuth zu entgehen,
Will ich hinweg die kranken Theile schneiden,
Den Geist mir sammeln, und alsdann ihn weiden
Am Strand, der Phaeton sah untergehen.

An deiner linken Seite laß mich weilen,
Wo der Metaurus schlägt die schönen Wogen,
Und Werth mit Anmuth sich die Herrschaft theilen.

Ist nur Apoll mir Sterblichen gewogen,
Dann wirst du mein Parnaß, und sonder Weilen
Wird meine Stirn mit Epheu neu umzogen.

Nachgedichtet von Friedrich Wilhelm Genthe

Michaela Maria Müller

Nach Italien, Europa

Ein Vorwärtsmemoir

Der Regionalzug steht in Menton. Die Grenzpolizei kontrolliert Ausweise und Pässe. Italien, das war als Zehnjährige mein erstes Aus-dem-Land-Sein. In eine andere Sprache kommen.

Eine Woche in einem Touristenort an der Adria. Das Ankommen, am Schalter stehen und D-Mark in Lira wechseln. Das Essen im Restaurant. Das Doppelstockbett für meinen Bruder und mich. Der Bungalow und die Pinien, die im Sand wurzelten. Heute möchte ich glauben, dass die Zeit an der Adria mein jetziges Dasein im Märkischen vorweggenommen hat. Das ist wenig wahrscheinlich, aber möglich, weil ich in der Geschichte, besonders in der eigenen, nach Kontinuitäten suche.

Und trotzdem, wie oft in meiner Erinnerung. Da ist etwas, das ich mir nicht erklären kann. Scheinbar sind von dieser einen Woche im Jahr nur Erinnerungssplitter geblieben, nichts Zusammenhängendes. Piniennadeln, die wie ein Teppich unter mir liegen, sich manchmal versuchen, mir in die Fußsohlen zu bohren, Zikaden in den Büschen und im Bett aus einer Bar nebenan höre ich beim Einschlafen »I just call to say I love you« von Stevie Wonder. Nur dieser Song lässt mich heute in der Zeit einhaken. Alles andere ist unscharf, aber vielleicht war es auch nie scharf. »I just call to say I love you« erschien 1984. In einer schönen neuen Welt. Eine Welt, die ein Versprechen war für mich, das Kind.

Am Meer das Staunen über die Gezeiten, das Meer, das sich zurückzieht und wiederkommt. Das Staunen über die unscharfe, flirrende Weite am Horizont, wo das Meer und der Himmel ineinander übergehen. Und wir als Familie. So gab es uns nur sieben Tage im Jahr: am Strand im Sand, die Kühltasche mit Getränken, am Nachmittag die Puddingkrapfen des Strandhändlers, das Sammeln von Muscheln, Königs- und Venusmuscheln, Austern, und dabei mein stilles Staunen über die Begeisterung meines Vaters, sie zu bestimmen, wo er sonst nur das Bekannte und bereits Benamte gelten ließ.

Die Erinnerung an diese Zeit als Zehnjährige verschwimmt.

Ich schlage nach. 1984 kündigt der damalige Ministerpräsident Bettino Craxi das Konkordat zwischen dem italienischen Staat und dem Vatikan und schafft den Katholizismus als Staatsreligion ab. Eine Öffnung, wie so vieles, was folgte. In Europa nähern wir uns einander an, ohne das Wissen darüber, was 1989 passieren würde.

In fünf Jahren der Fall des Eisernen Vorhangs. Dieser Begriff aus dem Theaterbau, in einem Raum, wo es nur um Wahrnehmung geht. Winston Churchill, der ihn geprägt hat, die Grenze zwischen den kommunistischen und demokratischen Ländern, zwischen Markt- und Planwirtschaft markierend.

Der Tag, an dem ich diesen Text beginne, ist der Tag der Parlamentswahl in Frankreich, der Stichwahl, bei der nur eine Brandmauer der linken Parteien den Sieg der Rechtsextremen verhindern wird. Es ist der Tag, an dem Russland ein Kinderkrankenhaus bombardiert und Julia, eine Freundin aus Kjiw, schreibt: »Heute dachte ich, es ist vorbei.«

Als die Grenzpolizei die Fahrgäste in Menton kontrolliert hat und wir das Land verlassen, sind die Wahllokale in Frankreich noch geöffnet. Ich steige eine Station später in Ventimiglia aus.

Das »Ende der Geschichte«, das Francis Fukuyama zuerst im Sommer 1989 prophezeit hat, ist nicht eingetreten. Demokratische Wahlen sind zum Endgame geworden. Wir leben in einem Dazwischen. Wie ist es heute, als Kind ohne Versprechen aufzuwachsen?

Am Bahnhof in Ventimiglia beobachte ich im späten Licht des Tages geflüchtete Menschen. Sie suchen Schutz, ein Ankommen im Irgendwo. Mit einem von ihnen spreche ich später, ein hochgewachsener, älterer Mann mit Sonnenbrille und Djellaba. Er verkauft Uhren und trägt bis zum Ellbogen Taschen mit Designernamen. Wären sie echt, wäre er vermutlich nicht hier. Manche Gäste in der Bar haben einen halben Blick für ihn, wenige suchen ein kurzes Gespräch. In diesen Begegnungen liegt viel, wer wir sind und wer wir sein könnten. Willst du tauschen mit meinem Leben, ich mit deinem?

Der Jahreswechsel 2013/14 war ein *turning point* in meinem Leben. Ich recherchierte ab Dezember auf Lampedusa zu einem Bootsunglück. Sie begannen sich damals vor der Küste der Insel zu häufen. Und es gab einen gesellschaftlichen Konsens, es zu nennen, was ein Bootsunglück, bei dem Menschen zu Tode kamen, war: eine Tragödie. Gut, dass du das machst, diesen Satz schickte mir ein Kollege mit auf die Reise. Ich fühlte mich allein zwischen den gekenterten Booten, am Zaun des Lagers, auf dem Friedhof, wo auf der Insel die Toten begraben lagen. Aber ich hatte Mut, denn ich war überzeugt, dass alles, was es brauche, mehr Menschen seien, die den Blick darauf richteten, bis sich etwas änderte. Dass wir in Europa bald Fähigkeiten und Empathie bündeln würden, um das zu tun, was zu tun sei.

Dazwischen liegt jetzt ein Jahrzehnt, in dem sich viel Leid aufgetan hat: die Pandemie, ein souveränes Land, das von einem anderen überfallen wurde, der 7. Oktober 2023. Hier ist die Kluft zwischen den Nachrichten und der Empathie, die nötig wäre, ihnen zu begegnen, oft nicht mehr zu überbrücken. Nachrichten lösen Dissonanzen aus. Ich vermag ihnen nichts entgegenzusetzen.

Es war zuerst die Sprache, die sich verändert hat. Und ich wollte nicht wahrhaben, dass Worte, die trennen statt verbinden, in mich eindringen wie winzige Arsendosen, mich berühren und erreichen. Aber wie sollten sie es nicht? Sie haben auch mich verändert und ich kann noch nicht sehen, wie.

In hoffentlich nicht allzu ferner Zukunft, wünscht sich die Philosophin Rahel Jaeggi, befragt in dem Magazin »Republik« über den Zusammenhang von Fortschritt und Regression, werden wir erkannt haben, dass es keine Möglichkeit gewesen sein wird, Menschen im Mittelmeer ertrinken zu lassen, sich auf lebensgefährliche Art und Weise in Zügen verstecken zu lassen, um Grenzen zu überschreiten. Genauso wie der gesellschaftliche Wandel dazu geführt hat, dass es heute schwer verständlich scheint, wie man je Sklaverei akzeptieren konnte. Doch es ist, wie es ist: Die Regression wirft derzeit größere Schatten als der Fortschritt. Aber eines Tages werden wir vielleicht auch Grenzen hinter uns gelassen haben. »Die Arbeit der Vögel ist leise«, schreibt auch Marica Bodrožić.

In Italien regiert seit zwei Jahren eine Partei, die sich selbst postfaschistisch nennt. Das einzige Gute, was sich sagen lässt, ist: Es hätte noch schlimmer kommen können, bisher. Vor der Frankfurter Buchmesse nun eskalierte die Auseinandersetzung zwischen den Gewährsmännern der Regierung Giorgia Melonis und den Schriftsteller:innen. Renommierte und erfolgreiche Stimmen wie Paolo Giordano, Roberto Saviano oder Antonio Scurati wurden zunächst nicht eingeladen, das Land in der Delegation des Buchmesseauftritts in Frankfurt zu repräsentieren. Erst nach einer Protestnote von 41 Schriftsteller:innen an den Vorsitzenden des italienischen Verlegerverbands und an die Leitung der Frankfurter Buchmesse sah Ersterer sich gezwungen, einzulenken.

Postskriptum: Ich habe Wochen mit diesem Text und der Perspektive darauf gerungen, denn ich wollte keinen Text schreiben, der eine Italiensehnsucht abbildet. Und an seinem Ende weiß ich nun, dass ich Sehnsucht fühle. Nicht die Sehnsucht nach blühenden Zitronen oder einem *ombra con cicchetto* in Venedig (die auch), sondern nach einem Europa, das sich weiter eint, das Raum für Menschlichkeit und Miteinander weiterentwickelt und nach der Sprache, die sich auf den Weg macht, das wieder einzuhegen. Ich sage Sprache und meine Sprachen, so wie ich Mensch sage und Menschen meine. Die Dinge beginnen im Gegenüber.

Cecco Angiolieri

S'i' fosse fuoco, ardereï 'l mondo;
s'i' fosse vento, lo tempestarei;
s'i' fosse acqua, i' l'annegherei;
s'i' fosse Dio, mandereil'en profondo;

s'i' fosse papa, allor serei giocondo,
ché tutti cristïani imbrigarei;
s'i' fosse 'mperator, ben lo farei
a tutti tagliarei lo capo a tondo.

S'i' fosse morte, andarei a mi' padre;
s'i' fosse vita, non starei con lui:
similemente faria da mi' madre,

S'i' fosse Cecco, com'i' sono e fui,
torrei le donne giovani e leggiadre:
le zoppe e vecchie lasserei altrui.

*

Fromme Wünsche

Wär ich der Wind, ich risse die Welt in Fetzen,
wär ich das Feuer, zerfräß ich sie zu Funken,
wär ich das Meer, sie läge längst versunken,
wäre ich Gott, Spaß: gäb das ein Entsetzen!

Wär ich der Papst, wie würd' es mich ergetzen,
zu ärgern meine Christen, die Hallunken!
Wäre ich König, ließ' ich wonnetrunken
mein Volk mit Hunden an den Galgen hetzen!

Wär ich der Tod, besucht' ich auf der Stelle
die lieben Eltern wieder mal; als Leben
beträt ich nie und nimmer ihre Schwelle!

Wär ich der Cecco – hm, der bin ich eben;
drum wünsch' ich Mir die schönsten Jungfernfelle
und will die häßlichen gern Andern geben!

Nachgedichtet von Richard Dehmel

Mattia Corrente

Annas Flucht

Sieh mich an, Anna. Ich habe die verschlissene Jeans angezogen, die dir so verhasst war. Unzählige Male hast du die Taschen für mich ausgebessert, den Reißverschluss geflickt und die Gürtelschlaufen wieder angenäht. Als ich den Knopf zugemacht habe, habe ich mir vorgestellt, wie du mit verschränkten Armen in der Küche stehst und dich mit einem vorgetäuschten Husten räusperst. Wie es mir gefallen hat, dein leises, aber immer pünktliches Husten, deine Stimme, die mich beim Namen rief und mich im Wohnzimmer von hinten überraschte.

»Ich schwöre bei Gott, dass ich sie verschwinden lasse«, sagtest du, und ich zog sie ohne auch nur den Versuch einer Erwiderung wieder aus. Es gefiel mir so sehr, dich immer auf die gleiche Art verärgert zu sehen, jedes Mal bevor wir zur Messe gingen. Auch dieses Mal habe ich sie ausgezogen. Ist die grüne Cordhose in Ordnung?

Ich habe das weiße Hemd gebügelt, habe es auf dem Brett abkühlen lassen und bin mit der grünen Schüssel, dem Rasierer und der Seife hinaus auf die Terrasse gegangen. Vor dem Spiegel an der Mauer habe ich mich rasiert. Dann habe ich gewartet.

Was soll das bloß, Anna, im Stehen hier darauf zu warten, dass du unvermittelt nach mir rufst und sagst, es sei spät, wir müssten los, denn der Priester nehme dir sonst die Beichte nicht ab.

Wie peinlich, so zu tun, als wärst du noch da.

Sieh mich an. Das Gesicht glattrasiert, ein gebügeltes Hemd, eine Cordhose und der Borsalino auf dem Kopf. Ich will hinausgehen, aber dann kehre ich noch einmal um.

Schon seit zwei Tagen habe ich ihn nicht mehr gefüttert. Ich habe mir geschworen, ihn in seinem Glas sterben zu lassen, aber er ist das Letzte, was wir gemeinsam gekauft haben.

Ein Goldfisch. Ein Glas. Eine Dose Trockenfutter.

Seinen Namen habe ich vergessen. Ich kann es nicht mehr, kann mich jetzt einfach nicht mehr an den Namen des Goldfischs erinnern, und ich schwöre dir, dass ich es versucht habe. Ich starre ihn wie blöde an, während er in seinem kleinen Zuhause seine Runden dreht, doch nichts, ich erinnere mich einfach nicht.

Wo bist du nur, Anna? Seit du verschwunden bist, fange ich an zu vergessen. In jeder Erinnerung an uns bin nur ich. Du bist nicht mehr da.

Ich breche auf.

< *Max Mahlow: Taormina*

Sieh mich an, Anna. Ein alter Mann mit einem Koffer, der in der Hoffnung aufbricht, dich wiederzufinden.

Ich schleppe den Koffer zum Eingang, öffne die Tür, und ein Windstoß fegt mir den Borsalino vom Kopf und schleudert ihn zurück zum Garderobenständer im Flur. Ich mache die Tür wieder zu, das metallische Schnappen hallt im Flur wider, dann überfällt mich hinterrücks die Stille des Hauses. Ich spüre, wie sie in meinen Mantel kriecht und meine Schultern in einer unsichtbaren Umklammerung festhält. Sie will mich aufhalten, mich daran hindern fortzugehen. Ich liebte die Stille dieses Hauses, und sie liebte mich, aber es war die Einsamkeit, die mich gezwungen hat, sie zu lieben. Ich gehe zurück, bücke mich mit zusammengebissenen Zähnen und hebe den Borsalino vom Boden auf. Ich puste darüber, klopfe ihn aus, und mein Blick fällt auf den weißen Mantel, der an der Garderobe hängt. Ich zerknautsche einen Ärmel zwischen den Fingern und schließe die Augen. Warum lässt mich jede deiner Sachen vergessen, dass du nicht da bist? Es passiert wirklich. Ich glaube dann nicht daran, dass du nicht da bist. Aber es dauert nur einen Wimpernschlag. Unvermittelt lasse ich den Ärmel los, als hätte ich mir die Finger verbrannt.

Die Bar Ossidiana hat gerade aufgemacht. Calogero macht die Beleuchtung in den Auslagen an, und ich warte wie jeden Morgen am Eingang, bis er den Fußboden gefegt hat. Er wirft einen Blick auf meinen Koffer, schaut verstohlen auf die Uhr, die gegenüber dem Tresen an der Wand hängt, um zu sehen, wie spät es ist, und stellt den Besen weg. Er macht mir den ersten Espresso des Tages, hinter ihm das Brett mit den Spirituosen, darunter eine gut sichtbare Flasche Sambuca.

»Verlängern wir ihn doch«, sage ich zu ihm und deute mit dem Kinn auf die Flasche.

Calogero zieht die dichten Brauen nach oben und macht große Augen, der verwunderte Ausdruck erinnert mich an dein Gesicht, als wir zur Untersuchung beim Arzt waren und ich ihn fragte, ob ich wohl ab und zu ein Gläschen trinken könne.

Er nimmt die durchsichtige Flasche und füllt die Tasse wieder auf.

»Wenn Ihre Frau da wäre, würde sie mir die Hand abhacken.«

»Aber sie ist nicht da«, erinnere ich ihn und kippe den Likör in einem Schwung hinunter, ein warmer Strom, der bis in den Bauch fließt, und dann das übliche Brennen, dieses verwirbelte Feuer in den Eingeweiden, wie bei den ersten Kurzen damals an Karneval, mit achtzehn, als man in den Garagen tanzte und ich Jugendlichkeit und Wein ausschwitzte.

Das Handy klingelt in der Innentasche meines Mantels. Ich hole es heraus und starre hilflos auf den Namen auf dem Display, Antonio. Der weinerliche Klageton der Sirene reißt mich aus meiner Starre. Ich stecke das Handy zurück in die Tasche, wo es weiterklingelt.

Calogero stellt zwei kleine Gläser auf den Tresen, füllt sie mit Sambuca, und schweigend schauen wir dem Tragflügelboot zu, wie es langsamer wird, anlegt und den Motor abstellt.

»Wenn Sie denken, dass sie noch lebt, so Gott will.« Er trinkt das Glas in einem Zug leer, ich ebenfalls, und dann überlasse ich ihm den Schlüssel für unser Haus und das Leben des Goldfischs.

Heute ist es ein Jahr und ein Monat.

Es war der Abend des ersten September, wir hatten hausgemachte Arancini gegessen, als Hintergrundgeräusch nur das Kauen unserer vollen Münder, dann kein Geräusch mehr, als du abgeräumt hast und alle Dinge, die vom Tisch verschwanden, deinen Händen zu gehorchen schienen, wie immer angezogen von deinen schmalen und von der Bleiche aufgerauten Fingern.

Du hast dir die rote Schürze umgebunden, die Antonio dir einmal zum Muttertag geschenkt hatte. »Bei Mama schmeckt's am besten« lautete der schwarze Schriftzug auf der Brust. Als du den Hahn am Waschbecken aufgedreht hast, habe ich mich auf dem Sofa ausgestreckt, inzwischen fordert mein Körper Schlaf und duldet keinen Widerstand mehr. Du hast dich zu mir gesetzt und mir über die Stirn gestreichelt und die Kühle deiner noch feuchten Hand hat mich wieder aufgeweckt. Dann hat sich dein Mund auf meine runzlige, aber – wie du es magst – rasierte Wange gelegt.

»Bleib hier«, habe ich dir zugeflüstert.

»Ich kann nicht, ich muss das Geschirr fertig spülen«, hast du mir kaum hörbar geantwortet.

Mit vor Schläfrigkeit ganz kleinen Augen habe ich dir bis in die Küche nachgeschaut. Das letzte Bild von dir, doch das wusste ich nicht.

Zwei Jahreszeiten lang habe ich auf dich gewartet, und jeden Tag habe ich wegen des Diabetes bitteren Kaffee getrunken, wegen der Harnsäure Gemüse gekocht, dem Wein abgeschworen und den Schlüssel außen in der Tür steckenlassen. Als dann der Frühling die Luft erwärmte, habe ich den Schlüssel wieder an die Wand gehängt, bin einen Trainingsanzug und Sportschuhe kaufen gegangen und habe mir angewöhnt, im Morgengrauen aufzustehen und lange Spaziergänge an der Promenade zu machen, zusammen mit den jungen Leuten in kurzen Hosen und Laufshirts, die vom Gehweg springen, um mir auszuweichen. Dreihundertfünfundsechzig Tage und ein Monat, und nun bin ich bereit, der Arzt hat mir letzte Woche gesagt, ich sei gesund wie ein junger Bursche.

Was tut man aus Liebe nicht alles, auch wenn man keine dreißig mehr ist. Ist das nicht seltsam, Anna? Gerade jetzt, wo unsere Liebe alt geworden ist und ich dachte, sie wäre sicher. Gerade jetzt verlangst du von diesem Alten einen weiteren Beweis?

Die Rampe, die das Tragflügelboot mit dem Anleger an Land verbindet, ist rutschig, ich klammere mich ans Geländer, der junge Mann, der die Fahrscheine abreißt, kommt mir entgegen, schnappt sich meinen Koffer, und gemeinsam bewältigen wir das letzte Stück bis an Bord. Ich nehme den Borsalino vom Kopf, drücke ihn an die Brust und setze mich irgendwo hin, das Boot ist halb leer, der Sommer mit seinen Touristen, den Massen, die drängelnd versuchen, einen Sitzplatz zu ergattern, ist vorbei. Durch das Fenster sehe ich, wie der Schiffsjunge das Tau losmacht und der Mann am Kai mit der Hand winkend grüßt, während das Meer unter dem Boot schäumt; der Lärm der Motoren dröhnt durch die ganze Kabine, eine Schwade schwarzen Rauchs umhüllt das Fahrzeug, und ich verlasse nach so vielen Jahren allein die Insel. Wer weiß, ob auch du damals, als du gegangen bist, zu der Rauchwolke über dem Stromboli hinaufgeblickt hast, an die vielen im Dunkeln auf der Terrasse verbrachten Nächte zurückgedacht hast, in denen wir unter der Decke auf dem kleinen Sofa sitzend die kleinen Lavaeruptionen betrachtet haben, die den Himmel erleuchteten. Wer weiß, ob du auch nur ein einziges Mal darüber nachgedacht hast, dir in den Sinn gekommen ist, zu mir zurückzukehren, zu dem Mann, den du im Vertrauen auf ein Versprechen hin geheiratet hast.

*

Die Gegensprechanlage im unteren Stockwerk klingelt.

Anna rührt sich nicht, sondern bleibt mit verschränkten Armen an der Balkontür im Wohnzimmer stehen. Jenseits der Scheibe quillt ein Schwall Wolken und Wind aus dem Himmel und stürzt sich ins smaragdgrüne Meer von Syrakus. Auf der Straße ärgert sich ein Herr über seinen Schirm, öffnet ihn und macht ihn wieder zu, bis der Wind ihn schließlich aus seiner Hand reißt und über die Mauer trägt. Der Mann fuchtelt verzweifelt mit den Armen herum und verflucht den regenschweren Himmel. Anna jedoch lächelt, denn von all den Dingen, die sie an jenem dritten Dezember neunzehnhundertfünfundsechzig gerne wäre, während die Gegensprechanlage nicht aufhört, wie verrückt zu klingeln, wäre sie am liebsten dieser Schirm.

»Endlich, kommt doch rein. Wir waren ein wenig in Sorge wegen des Wetters«, fängt Severino an, als er schwungvoll die Tür öffnet. Küsse hallen durch den Flur, und Ninas Stimme sucht und findet Anna an der Balkontür. »Und wo ist meine Schwester?«

Nina taucht im Wohnzimmer auf, zieht die dicke Jacke aus, überlässt sie Severino und kommt angelaufen, um sie auf die Wangen zu küssen. Auch Carmelo gibt ihr Wangenküsse und stellt dann eine Pappschachtel auf den Tisch. Er öffnet sie auch gleich, holt eine Flasche Rotwein heraus und zeigt sie allen.

»Es gibt etwas zu feiern«, verkündet Nina und wirft ihrem Mann einen verschwörerischen Blick zu.

»Zu feiern?«, fragt Severino, während er die Jacken aufhängt.

Nina küsst Carmelo auf den Mund. »Ich sag es ihnen nicht. Mach du.«

»Ich hole schnell die Gläser«, sagt Severino rasch, und Nina gibt Carmelo mit dem Kopf zu verstehen, dass er mitgehen soll.

Während die beiden in der Küche miteinander plaudern, zieht Nina Anna ins Schlafzimmer. Sie schließt die Tür. Sie zeigt aufs Bett, und als beide dort nebeneinandersitzen, nimmt sie ihre Hand und legt sie sich auf den Bauch.

»Ich hab es dir aus Aberglauben nicht schon früher gesagt, aber jetzt sind drei Monate rum, und die Gefahr ist vorbei.« Sie holt tief Luft und umarmt sie fest. »Ich bin schwanger.«

Anna macht die Augen zu, Ninas Herz hämmert an ihrer Brust, und sie würde ihrem eigenen gerne befehlen, dasselbe zu tun, aber ihr fehlt die Luft, Ninas Arme umklammern ihren Körper, und es packt sie die Angst, dass sie sich nie wieder lösen kann. Nina heiratet, Anna heiratet. Nina ist schwanger und Anna? Anna nicht, Anna ist noch keine Mama, von niemandem. Nina wird diese Arme nie wieder von ihr lösen, wird für immer an sie geklammert leben und sie zwingen, das Schicksal mit dem ihren zu teilen. Hinter dem Rücken ihrer Schwester, unter dem Fenster, schaut die große Schachtel mit den Puppen aus Stoffresten hervor.

Eine Puppe, die Beine sind unter einem Haufen anderer Puppenkinder eingeklemmt, der Oberkörper ragt aus der Schachtel heraus, scheint flüchten zu wollen.

»Ich freue mich für dich«, sagt sie. »Aber jetzt lass mich los, du drückst mir die Luft ab.«

»Es wird ein Junge, das spüre ich«, verkündet Nina. Sie kommt mit dem Mund ganz nah an Annas Ohr. »Wir werden ihn Giuseppe nennen.«

Die feuchten Augen verraten sie. In ihrem Kopf taucht die Erinnerung an Peppe auf. Aber welche Erinnerungen hat Nina eigentlich an Giuseppe Mazzone? Anna könnte schwören, dass sie diesen Peppe sehen kann, an den Nina sich erinnert. Als Schwindler geistert er ihr ungestört durch den Kopf, ohne dass sie etwas von ihm weiß. Und die Erinnerung an einen Menschen, von dem du nicht weißt, wer er wirklich gewesen ist, ist eine trügerische Erinnerung, die du niemals entlarven kannst.

Sie nimmt Ninas Hand.

»Ich bin mir auch sicher, dass es ein Junge wird. Und er wird so schön sein wie Papa, sogar noch schöner.«

Nina lächelt sie an, schiebt ihr eine Haarsträhne hinters Ohr.

»Und du, wann gedenkst du, deinem Mann ein Kind zu schenken?«

»Ich denke nicht mal darüber nach«, gibt Anna zu, springt auf und geht zum Fenster. Kräftiger Regen prasselt gegen die beschlagene Scheibe, und sie zeichnet mit dem Finger das Profil eines runden Bauches darauf. Dann wischt sie das Bild wieder weg, und die verregneten Winterabende kommen ihr in den Sinn, als Peppe schon weg gewesen war und man zu Hause blieb, weil man nicht nach draußen gehen konnte. Sie brachte die Zeit damit zu, Kleider zu entwerfen, die sie anschließend dann gern genäht hätte, doch Serfina zerrte sie in die Küche, wo Nina schon ganz begeistert am Herd stand. Und es hieß kochen, man musste die Gerichte kochen lernen, die die Männer gern essen, denn sonst würden sie niemals einen Ehemann finden.

»Ein Kind für meinen Mann. Als ob ich nur dafür auf die Welt gekommen wäre.«

Nina kommt zu ihr. Sie nimmt ihr Gesicht zwischen die Hände.

»Sieh mich an«, sagt sie, »du musst ein Kind für dich selbst machen, ohne Kinder gehen die Männer weg, hast du verstanden?«

Anna beugt sich über die Schachtel, zieht die Puppe heraus und befreit sie so aus der Umklammerung, die sie an der Flucht gehindert hat. Sie dreht sie hin und her und betrachtet sie genau: Sie ist beschädigt, hat eine schiefe und aufgerissene Naht auf dem Bauch.

»Ich möchte keins, kein Kind.«

»Meine Güte, Anna, hörst du überhaupt, was du da sagst? Du versündigst dich. Wenn die Mama hier wäre, würdest du glatt was mit der Rute bekommen«, platzt Nina heraus, verharrt reglos, mit verschränkten Armen, und schaut aus dem Fenster. »Manchmal habe ich den Eindruck, dass wir nicht aus demselben Bauch kommen.«

Anna betrachtet sich und Nina im Spiegel der von Regenschlieren überzogenen Scheibe.

»Ich auch«, sagt sie und setzt die Puppe gleich neben das Familienfoto auf den Nachttisch. Sie geht zur Tür, drückt die Klinke hinunter und stößt sie auf. Bevor sie hinaustritt, dreht sie sich zu ihrer Schwester um. »Sag der Mama bitte nie, was ich zu dir gesagt habe. Bitte.«

Nina legt ihr eine Hand auf die Schulter.

»Ich tue es nicht für dich, sondern für sie. Ich würde ihr nie einen solchen Schmerz zufügen.«

»Wenigstens in dieser Hinsicht sind wir gleich«, gibt Anna zurück und legt eine Hand auf die der Schwester.

Severino steckt vom Flur aus den Kopf durch die Schlafzimmertür und grüßt fröhlich winkend mit einem dicken Ofenhandschuh.

»Seid ihr jetzt fertig mit euren Tuscheleien? Der Wein verdunstet ja schon aus den Gläsern.«

»Ich hab den falschen Mann gewählt«, sagt Nina ironisch und zwinkert ihm zu. Sie zwängt sich an ihm vorbei, als sei er ein Hindernis, geht Richtung

Stube und droht ihrem Mann, dass er ja nicht anfangen soll zu essen, solange nicht alle am Tisch sitzen.

Severino hat mit den neuen Kristallgläsern eingedeckt, in der Tischmitte thront eine Schale mit einem Brathähnchen sowie Kartoffeln und karamellisierten Zwiebeln als Beilage. Die Steingutteller, die roten Servietten, der Wein, den Carmelo vom Fernsehallerlei abgelenkt im Glas schwenkt.

Severino reicht ihr ein Glas mit Wein und erhebt sein eigenes.

»Glückwunsch an Nina und Carmelo.«

Alle tun es ihm gleich, doch als Anna sich anschickt anzustoßen, führt Nina ihr Glas zum Kinn der Schwester, wie um Brüderschaft zu trinken.

»Ein Hoch auch auf Anna und Severino, die heute Abend aus purem Neid einen Neffen für mich zeugen werden.«

Severino und Carmelo lachen, auch Nina lacht, aber sie trinkt nicht, sondern wartet, bis Anna das Glas an die Lippen führt. Doch Anna zögert: Die Frau vor ihr, diese Frau, die ihr so sehr gleicht und gerade den Arm mit ihrem verschränkt hat, ist all das, was sie nicht sein will. Schau sie dir an, diese Nina: Ehefrau eines Mannes und jetzt Mutter eines Sohnes und wie glücklich sie ist. Wie glücklich.

Anna schließt die Augen und trinkt in einem Zug, genau wie ihre Schwester. Die Männer klatschen Beifall, alle setzen sich an den Tisch, und Carmelo macht Severino Komplimente für das Hähnchen.

»Aber sicher ist das gut, wann hast du denn schon jemals gekocht, du machst dir nicht mal die Mühe, die Dosen mit den geschälten Tomaten aufzumachen«, meckert Nina.

Nach dem Abendessen bietet sie an abzuwaschen, aber Anna bindet sich die Schürze um und nimmt das Waschbecken in Beschlag. Doch die Schwester insistiert, also spült Anna, und Nina trocknet ab. Die Männer rauchen unterdessen unter dem Regendach des Gartens.

»Ich habe das Kleid aus der Reinigung geholt«, informiert Anna die Schwester und müht sich damit ab, die fettverkrustete Pfanne zu schrubben. »Heute Abend nimmst du's wieder mit. Ich muss Platz schaffen im Kleiderschrank.«

»Behalt du es nur. Es gehört jetzt dir«, meint Nina, reibt einen Teller trocken und stapelt ihn dann auf die anderen im Schrank. »Wenn du ein Kind bekommst, leihst du mir auch was, und dann sind wir quitt.«

Anna dreht den Wasserhahn zu, wischt sich die Hände an der Schürze ab und streicht ihr über die Wange.

»Es ist schon spät, ihr habt es weit, ihr solltet los.«

Nina zwickt sie in die Nase.

»Gut, aber denk dran, was ich dir gesagt hab. Vergiss die Puppen und kümmere dich mehr um deinen Mann.«

Anna beugt sich nach vorn und legt den Kopf auf den Bauch ihrer Schwester.

»Hast du die Mama gehört, sie redet daher, als wär sie klüger als ich.«

Nina legt ihr die Hände auf den Hals.

»Giuseppe, sag deiner Tante, dass die Mama vor ihr zur Welt gekommen ist. Die Oma erzählt es ja immer, die Hebamme hat sie überhaupt erst gesehen, nachdem ich geboren war, und sie mit Gewalt herausgezogen, weil sie nichts davon wissen wollte, herauszukommen.«

Anna gibt ihr einen Kuss auf den Bauch.

»Tschüs, Giuseppe, wachs schön. Die Tante wartet auf dich.«

Sie richtet sich wieder auf, holt Ninas dicke Jacke, umarmt sie und gibt ihr einen schmatzenden Kuss auf die Stirn.

»Ich ruf dich morgen an, ja? Ihr müsst los.«

Erst als die Gäste weg sind, denkt Anna an den Kater, wo ist der Kater? Sie fängt an, im ganzen Haus nach ihm zu suchen, und alarmiert auch Severino.

»Du weißt doch, wie Nello ist, er liebt es, den ganzen Tag herumzustreunen. Reg dich nicht auf, der kommt schon zurück«, beruhigt er sie und kippt einen Krug Wasser in den Kamin, um das Feuer zu löschen. »Hast du im Garten nachgesehen?«, fragt er sie dann, während er die Fenster eins nach dem anderen schließt.

Anna öffnet die Terrassentür in der Küche, und Wind und Regen peitschen ihr ins Gesicht. Mit zusammengekniffenen Augen späht sie in den Garten und überrascht den Kater dabei, wie er im prasselnden Regen ein Loch gräbt. Anna denkt sich, dass er alle Dinge, die er hasst, unter der Erde versteckt, offenbar in der Absicht, sie verschwinden zu lassen.

Sie öffnet den Unterschrank der Anrichte, nimmt ein Leckerli heraus, geht auf der Schwelle der Terrassentür in die Hocke und streckt die Hand mit der Leckerei in den Garten hinaus.

»Nello«, ruft sie laut. »Los, komm wieder rein.«

Der Kater hebt den Kopf, über dem Loch funkeln die leuchtenden Katzenaugen durch den Gewitterschauer. Mit einem Sprung ganz nach Katzenart erreicht das Tier die Küche und stürzt sich auf den Leckerbissen wie auf eine Beute. Anna schließt die Terrassentür, stemmt die Hände in die Seiten und schnaubt. Triefnass wie er ist, kann sie ihn nicht im Haus herumlaufen lassen, deshalb trocknet sie ihn mit einem Tuch ab und trägt ihn dann ins Schlafzimmer, legt ihn in den Korb vor dem Nachttisch und krault ihn unterm Kinn.

Sie zieht den Morgenrock über, löst das Haarband und geht barfuß ins Bad. Sie putzt sich die Zähne und schrubbt sie kräftig, aber der säuerliche Geschmack des Weins will einfach nicht verschwinden. Ihr kommt es vor, als ertrinke sie in Ninas Glas, während alle applaudieren und niemand ihr die Hand reicht, um sie von dort unten hochzuziehen.

Zurück im Schlafzimmer öffnet sie den Schrank, um eine warme Decke zu suchen, und während sie auf dem Schrankboden herumstöbert, rutscht das Brautkleid vom Bügel. Der Kater springt aus dem Korb und will sich auf das Kleid stürzen. Anna fängt ihn gerade noch rechtzeitig ab; einen Augenblick später, und er hätte es mit den Krallen zerfetzt.

»Nello, leg dich wieder hin«, weist sie ihn zurecht und zeigt mit dem Finger auf den Korb. Dann hängt sie das Kleid wieder auf den Bügel und an die Oberkante des Schranks.

»Wo war der Halunke denn?«, fragt Severino von der Schwelle des Schlafzimmers aus.

»Im Garten«, antwortet Anna mit dem Rücken zu ihm.

Severino zieht den Schlafanzug an, setzt sich auf die Bettkante und hebt die Decke an. »Was ist damit, willst du es noch mal anziehen?«

»Es ist runtergefallen«, erwidert sie, und als sie den Rock glattstreicht, fällt ihr ein kleiner Schmutzfleck ins Auge. Er ist frisch. Die Schuld des Katers.

Sie reibt mit dem Finger über den Fleck, steckt die Nase an der Stelle in den Stoff, und für einen Moment nimmt sie den Duft einer Erinnerung wahr, den Geruch von nassem Laub, Schlamm und Wild, von damals, als Peppe noch da war und Anna frei war, Anna zu sein.

Sie war zwölf Jahre alt, und eines Morgens Ende August nahm ihr Vater sie mit auf die Jagd.

Die Wiese mit den Wildkräutern glänzte nach dem sommerlichen Regenguss in der Sonne, eine Fläche aus silbern leuchtenden Reflexen.

»Nicuzza, siehst du sie?«

Anna kniff unter dem tarngrünen Hut die Augen zusammen und spähte von der Eiche aus, wo sie auf der Lauer lagen, über die Wiese.

»Ich sehe nichts, Papa.«

Peppe wies mit dem Zeigefinger auf einen Punkt und nahm das Gewehr hoch.

»Schau genau. Es ist ein Meister Lampe, die sind sehr schlau, man muss Geduld haben und warten.«

Annas Blick folgte dem Finger, und dann lächelte sie verschmitzt. Da waren sie ja, die langen, aufgerichteten Ohren, gut versteckt inmitten der Grasbüschel. Antennen, bereit, jedes Geräusch wahrzunehmen und die sofortige Flucht anzuordnen.

»Aber worauf warten wir?«

Peppe war eins mit dem Gewehr, aus dem Stamm des uralten Baums ragte nur der glänzende Lauf hervor, bereit zu feuern.

»Einen Hasen erlegst du nicht übers Gehör. Er weiß, dass wir hier sind.

Aber früher oder später wird er die Sache leid sein und aus der Deckung kommen.«

Ein Rascheln, ein Mümmeln im Gras, und das Tier floh in Richtung Waldung hinter der Wiese. Peppe setzte einen trockenen Schuss ab, der mitten ins Schwarze traf. Ein lauter Knall, der Geruch nach verbranntem Holz und dem Schwefel des Schießpulvers; als ein Schwalbenschwarm von der Eiche, in deren Schatten sie standen, aufflog, tropfte der Regen von den Ästen auf sie nieder.

Anna rannte, zerteilte das Gras mit ihren dünnen Beinen, versank mit den Stiefeln in der weichen und schlammigen Erde. Der Hase, ein ausgewachsenes Männchen mit braunem Fell und weißer Nase, röchelte noch, als sie ihn an den Löffeln packte und lächelnd zurücktrug.

»Wie hast du es geschafft, ihn mit nur einem Schuss zu erwischen?«

Peppe packte das Wild in einen Jutesack, steckte die Hand in die Tasche der Weste, in der er die Patronen aufbewahrte, und lud das Gewehr erneut.

»Ich war bei den Soldaten. Im Krieg habe ich schießen gelernt. Komm her, ich zeig's dir.«

Anna trat näher und starrte mit großen Augen auf die Waffe. Sie schüttelte den Kopf.

»Mädchen schießen nicht.«

Peppe runzelte die Stirn, lehnte das Gewehr an den starken, knorrigen Fuß des Baums, kniete sich vor seine Tochter, befeuchtete einen Finger mit Spucke und wischte ihr einen Dreckspritzer aus dem Gesicht.

»Und wer sagt das?«

»Hast du schon mal ein Mädchen gesehen, das auf die Jagd geht?«

»Du bist Anna, und Anna kann machen, was Anna machen will. Anna ist frei«, mit diesen Worten nahm er das Gewehr wieder auf. »Also, willst du jetzt schießen oder nicht?«

Anna schaute sich um, dann streckte sie die Arme aus und versuchte, die Winchester anzulegen.

»Drück den Kolben an die Schulter, aber pass auf, das Gewehr muss ganz eng anliegen, richtig eingeklemmt sein, sonst läufst du Gefahr, dir durch den Rückstoß wehzutun. Die Füße müssen schulterbreit auseinander stehen, die Schreibhand am Abzug, die andere am Schaft unter dem Lauf. Jetzt leg die Wange an den Kolben, wie du es vor dem Schlafen mit dem Kissen machst.«

Anna hob die Wange vom Gewehrkolben und schüttelte den Kopf.

»Keine Angst, ich bin hinter dir, wir halten es zusammen«, beruhigte er sie. Dann legten sie sich erneut auf die Lauer und warteten auf weitere Beute.

»Wenn ich schieße, ziele ich und ziele gleichzeitig auch nicht, ich folge meinem Instinkt. Als der Hase herausgesprungen ist, hab ich ein Kribbeln gespürt und abgedrückt.«

»Ein Kribbeln?«, wiederholte Anna mit der Wange erneut am Gewehrkolben und dem Finger nur wenige Millimeter vom Abzug entfernt. Der scharfe Geruch von Peppes Rasierwasser, Alkohol und Minze, stach ihr in die Nase, seine Brust wärmte ihr den Rücken. Sie spürte ihn hinter sich atmen, ein leichter Hauch nur, der ihr rechtes Ohr kitzelte. Sie musste sich entspannen und mit ihm atmen, im Einklang mit ihm.

Und warten.

Etwas bewegte sich im Gras, plötzlich tauchten zwei aufgerichtete Ohren auf.

»Jetzt«, forderte ihr Vater sie auf. Aber Anna zog nicht am Abzug. Sie hob den Kopf vom Kolben und legte ihm das Gewehr in die Arme.

»Anna muss nur tun, was Anna tun will. Anna ist frei.«

Sie klatschte laut in die Hände, und der kleine Hase, vielleicht auf der Suche nach einer Mutter, die nicht mehr zurückgekommen war, floh und verschwand in der Waldung.

Peppe nickte. Lächelte sie an. Gab ihr zwei schmatzende Küsse auf die Stirn.

»Gut gemacht, Papas Schatz.«

Ein Fenster klappert im Wind, und Annas Gesicht taucht wieder aus dem Kleid auf.

»Man heiratet nur ein Mal. Es ist schmutzig geworden. Ich lüfte es aus und morgen bringen wir es noch einmal in die Reinigung.«

Der Weingeschmack ist weg, jetzt schmeckt sie Minze. Sie kriecht unter die Decke und rollt sich ganz eng zusammen, den Kopf beinahe zwischen den Knien.

»Seve.«

»Ja?«, antwortet er, während er den Wecker für den nächsten Morgen stellt.

»Komm her. Ich warte auf dich.«

Übersetzt von Birgit Ulmer

Tobias Herold

Irgendwie, irgendwo, irgendwann,
im Bereich des Infinitypools,
war mir meine Badehose
schlichtweg abhandengekommen.

Und als du mir dann dein Retro-Modell
ausleihst, schimmernd in genau
jenem Blau, das uns wohl gerade noch
gefehlt hat zwischen Beckenrand,
Himmel und Meer –
da fühlen wir uns sogleich

zurückversetzt um Jahrzehnte,
mitten hinein in jene – du weißt schon:
sorglose Zeit, vor unserer Geburt.

*

Verausgabt blindwütig rauschend
als Brandung sich die See des Nachts,
so hältst du halt einfach inne, hier draußen
auf dem Balkon – dieser Sackgasse
mit Meerblick: die zwar dem Hotel fast schon
nicht mehr angehört, ihrem Wesen nach
hingegen dessen Kern ausmacht –,

anstatt dich doch nur wieder hinzulegen jetzt,
und noch einmal von vorne, wild drauflos,
herauszugehn aus dir im Schlaf.

In irgendeinen nichtssagenden Traum,
der ohne jedes Zeitgefühl und ohne jeden Plan
Flur um Flur, immer neue Räumlichkeiten,
aneinanderreiht – die man anders
als vollumfänglich frei
und allumfassend schwerelos
selbst gar nicht mehr durchmessen kann.

< Max Mahlow: Azzurro

Klabund

Blüten am Baum der italienischen Dichtung

Der deutsche Minnesang und die frühe italienische Lyrik holten ihre Formen und Themen aus der Provence.

Um 1100 dichtet Guilhem von Aquitanien seine ritterlichen Lieder. Nach ihm sind die bedeutendsten Bernard von Ventadour, Peire Raimon von Toulouse und Bertrand de Born. Arnaut Daniel hat Petrarca beeinflußt.

Im Jahre 1229 endet der Albigenserkrieg, der die Unabhängigkeit und das Kunstleben der Provence vernichtet. Am Hofe des Hohenstaufen Friedrich des Zweiten in Sizilien sammeln sich die vertriebenen Provencalen, und hier im Bannkreis dieses großen deutschen Geistes wird die neue italienische Literatur geboren. Nicht in der sizilianischen Volkssprache, sondern in einem sonderbaren Idiom, einer künstlichen, von Provencalismen und Latinismen durchsetzten Sprache, deren Schöpfer vielleicht der hochbegabte Kaiser selber war. Diese poetischen Spiele waren mehr als bloßer höfischer Zeitvertreib: denn hier erklang zuerst das Sonett, jene schönste Blüte am Baum der italienischen Dichtung. Allerdings war die Verwendung, die es fand, zuerst alles andere als eine dichterische: die Welfen und Ghibellinen benutzten es, um ihre Polemiken in Versen auszutragen.

Wie im 18. Jahrhundert das Französische, so war im 13. das Provencalische Hof- und Literatursprache. Und wie der preußische König Friedrich der Große nur französisch, so dichtete der englische König Richard Löwenherz nur provencalisch. Auch der Mantuaner Sordello, der am Hof von Verona lebte, verschmähte seine Muttersprache. Ein Minnesänger in rein italienischer Sprache ist erst Guido Guinizelli (um 1270), dessen Dame aber nicht mehr Frau, Weib, Geliebte, sondern ein platonischer Begriff von Engel ist, wie Dantes Beatrice. Dante selbst nannte den Stil, der sich entwickelte und in dem sich die Elemente seiner Dichtung schon fanden, den dolce stil nuovo, den süßen neuen Stil.

Die religiöse Dichtung war vorangegangen. Der erste bedeutende Dichter in italienischer Sprache war der heilige Franz von Assisi, dessen Sonnengesang ein einziger Hymnus auf Gott und die Sonne, die Erde, Blume, Wasser und Feuer ist, und der selbst den Tod als Bruder des Lebens begrüßt. Die Franziskaner trugen den Gesang durch ganz Italien, und 1258 sangen die Flagellanten schon ihre eigenen schmerzlich süßen Lieder von Traum und Tag.

[…]

Dantes Divina Comedia ist die kristallhafte Verkörperung der katholischen Gedankenwelt des Mittelalters, gebunden in die bedingungslose Form und kreisend zwischen Himmel und Hölle. Die Erde aber sollte Boccaccio entdecken, der so an die barbarischen Prosaromane der sterbenden Antike anknüpfte, wie Dantes Strophen an den klassischen Vergil. Dante ist eine Vollendung, Boccaccio ein Anfang. Natürlich hatte auch er seine Tradition und seine Vorläufer: die Gesta Romanorum, die Fabliaux, die bajuvarischen Erzählungen, die Cento Novelle. Aber erst in ihm scheint die Linie unverworren zu beginnen: es ist die Linie, die zur Reformation führt, zu Rabelais und Cervantes, zum barocken Roman und zur Erzählkunst unserer Tage.

Der Franziskaner Giacomino von Verona ist der erste Dichter, der das Jenseits in den Mittelpunkt seiner Darstellung rückt und besonders im Ausmalen der Hölle sich nicht genug tun kann. Hier beginnt die Bahn, die in Dantes Comedia ihren Endpunkt findet. Dante Alighieri wurde 1265 in Florenz geboren, der Stadt, die er so geliebt und so gehaßt hat. Ihm war die chauvinistisch-politische Moral – Recht oder Unrecht: es ist mein Vaterland – nicht geläufig. Er wollte den Sieg der Idee und rief gegen seine eigene Vaterstadt Kaiser Heinrich den Siebenten herbei, in dem er den Träger überstaatlicher Tendenzen ahnte. Er wurde verbannt und starb in der Verbannung 1321, ohne den Tag noch erlebt zu haben, von dem er träumte: in der Kapelle S. Giovanni zu Florenz zum Dichter gekrönt zu werden.

Man muß sich darüber klar sein, daß das ptolemäische Weltsystem, das uns in Dantes göttlicher Komödie heute als Mythos entgegentritt, seinerzeit eine Realität war. Man hielt es für wirklich wahr, so wie etwa heute der Gebildete das Einsteinsche Weltbild betrachtet. Hölle, Fegefeuer, Paradies: die Fiktionen der Kirche galten ebenfalls als daseiend, und nicht als Symbole. Dante spiegelte das damalige Welt- und Zeitbild vollkommen. Er ist nur wenig von ihm abgewichen (z. B. darin, daß er das Fegefeuer aus der Mitte der Erde auf einen hohen Berg verlegt). Der Höllentrichter leitet schnurstracks zum Mittelpunkt der Erde, welcher auch Mittelpunkt des Weltalls ist, über den sich die neun Himmel wölben. Dante glaubt nicht an das, was er besingt; er weiß es. Er kennt keinen Zwiespalt zwischen Wissen und Glauben. Diese Hölle ist er durchschritten, den Berg der Läuterungen emporgeklommen, und das Paradies wird ihm zuteil: als Echo seiner sehnenden Seele, als die Gewißheit Gottes und der Güte. Der Mensch, der im Dies- und Jenseits strauchelt, bedarf der übermenschlichen Hilfe, der guten Geister, die ihn leiten und die Gott ihm schickt. Ein Heiliger (St. Bernhard), ein Dichter (Vergil) und die geliebte Frau (Beatrice), ein Engel und doch ein Mensch »unter grünem Mantel gekleidet in die Farbe lebendiger Flammen« führen Dante. Die heilige Zahl 3, schon im indischen Weltbild verehrt und vom christlich-ptolemäischen Dogma (die heilige Dreieinigkeit) übernommen, spielt eine große Rolle. Dreimaldrei Himmelswölbungen gibt es, und aus dreimaldrei Stufen baut sich der Berg der Läuterung auf. Luzifer, der im Zentrum der Erde, am Ende des Höllentrichters thront, mit seinen drei scheußlichen Gesichtern, ist durchaus der Widerpart der heiligen Dreieinigkeit. In dreimaldreiunddreißig Gesänge teilt sich das ganze Gedicht. Und die Strophe ist ein Drei-Reim, die Terzine.

In dem aus Sonetten, Kanzonen und verbindender Prosa aufgebauten Gedicht »Das neue Leben« hat Dante seiner Jugendgeliebten Piccarda Donati ein Denkmal gesetzt. Die Prosa, der er in lateinischen Traktaten wie »Über die Volkssprache« und »Über die Monarchie« Tribut gezollt, gewinnt ihre erste Blüte in den »Blümlein des heiligen Franziskus«, den Legenden um Franz von Assisi. Noch aber galt die lateinische Sprache als Sprache des wahrhaft Gebildeten. Ja, der Humanismus führte eine Erneuerung der Antike herauf. Der Dichter Petrarca (1304 bis 1374) wurde in Rom auf dem Kapitol zum Dichter gekrönt, nicht wegen seiner italienischen Dichtungen, die ihn unsterblich machen sollten, sondern wegen seiner lateinischen Dichtung »Africa«, die den Scipio Africanus besingt. Er hat die Epistel, die Biographie, den Dialog stilistisch begründet. Sein herrliches Liederbuch in italienischer Sprache, Canzoniere, das dreihundert Sonette und einige Kanzonen, Madrigale usw. enthält, liebte er persönlich gar nicht und nannte es geringschätzig rerum vulgarum fragmenta: vulgäres Zeug. Die Sonette galten Laura, die er am Karfreitag 1327 zum erstenmal in der Kirche Santa Chiara erblickte.

Um 1300 lebte Cecco Angiolieri, der verlumpte und verluderte Sohn eines Kaufmannes zu Siena. Er hat in über hundert Sonetten sein unseliges Zigeunerleben, seine Liebe zu Becchina, der schönen Schusterstocher, seine Spielwut, seine leere Kasse, seinen Autoritätshaß besungen. Das Vater-Sohn-Problem ist nicht erst heute erfunden oder aktuell geworden. Angiolieri hat den wilden Haß gegen seinen Vater künstlerisch gestaltet. Auch vor Attacken gegen Dante ist er nicht zurückgeschreckt.

Giovanni Boccaccio (1313–1375), geboren in Paris, ein Halbfranzose, war ein geistvoller Kommentator des Petrarca und Dantes göttlicher Komödie. Von seiner menschlichen Komödie, dem Decameron, der klassischen italienischen Novellensammlung, sprach er in späteren Jahren als von einer Spielerei nur mit Verachtung. Er zog sich, geängstet von Höllenträumen, in die klösterliche Einsamkeit von Certaldo zurück.

Die Büßerstimmung findet man häufig im damaligen Italien. Katharina von Siena hat ihr in ihren Briefen den edelsten fraulichen Ausdruck gegeben.

Das parodistische Element wagte sich auch hervor, und der erste Dadaist, der Florentiner Barbier Il Burchiello, parodierte mit seinem sonetto candocto, dem geschwänzten Sonett, Petrarca. Er reihte die sinnlosesten Assoziationen aneinander.

Boccaccio fand in Sacchetti, Poggio, Masuccio (»Novellino«) und Straparola (»Lustige Nächte«) hochbegabte Epigonen.

[...]

In Florenz, dem Brennpunkt der italienischen Frührenaissance, am Hofe des Lorenzo von Medici, der selbst sich in allen Dichtarten als Dichter versuchte, wirkte Poliziano, der Autor des ersten italienischen Dramas »Orpheus«. Luca und Luigi Pulci travestieren in ihren Rittergedichten die Karlsepik. Dem Hof von Ferrara widmete Bojardo (1434–1494) sein Epos vom »verliebten Roland«. Die italienische Sprache befestigt sich immer mehr und beginnt schon in Klassizität zu erstarren. Lodovico Ariosto (1474–1533) gibt dem »Verliebten Roland« eine Fortsetzung: den »Rasenden Roland«. Es ist das rasende Leben an sich, das ritterliche und verliebte Abenteuer, das glorifiziert wird; alles ist Vordergrund, klar eindeutig. Von Hintergrund und symbolischer Bedeutung keine Spur. Der Kondottiere ist der wahre Held, der Genuß das einzige Gesetz, die Liebe die einzige Göttin. Sie inspiriert die Stegreifkomödie. Arlechino und Pulcinella treten ihren Triumphzug durch die Welt an. Der Pessimist Niccolo Machiavelli (1469–1527) schrieb das Lustspiel der Renaissance, die Mandragola, über dem als Motto wie über seinen politischen Schriften stehen könnte: »Der Mensch ist schlecht!« In seinem »Buch vom Fürsten« wandelt sich der rasende Roland in den rasenden Cesare Borgia, den Gewalt- und Übermenschen, dem sich die anderen, die Untermenschen, zu beugen haben. Denn diese sind seinetwegen da. Die Amoralität des Zeitalters, gegen die Savonarola vergeblich gewettert hat, tritt noch stärker in Pietro Aretino (1492–1556) hervor, dem ersten Pamphletisten und Journalisten. Er ist unter anderem der Verfasser der sechzehn schamlosen Sonette zu den »Posizioni«, den ebenso schamlosen Zeichnungen von Julio Romano.

Zu den erlauchtesten Lyrikern der Zeit ist Michelangelo (1475–1564) zu rechnen in seinen Sonetten an den schönen Cavalieri und an die Dichterin Vittoria Colonna. Er weint, er brennt, er verzehrt sich, und sein Herz nährt sich von seinen Leiden.

Die Lyrik des Cinquecento steht unter dem Stern Petrarcas. Doch auch das Lehrgedicht macht sich wie in der ersten italienischen Epoche breit: die Syphilis wie die Seidenraupenzucht werden gleichermaßen langweilig abgehaspelt.

Am Ende der Renaissance steht der nervöse sensible Torquato Tasso (1544–1595), der nicht nur an der Umwelt, sondern auch an sich selbst zu zweifeln beginnt und sich in seiner Gewissensnot von der Inquisition auf seine »Rechtgläubigkeit« prüfen lässt. Gegen seinen Willen wird sein Epos »Das befreite Jerusalem« (von Tassoni im »Geraubten Kübel« parodiert) veröffentlicht, dessen Schönheit auf einzelnen Idyllen und lyrischen Stellen beruht, und das als Ganzes eine recht verunglückte Komposition darstellt. Mit mehr Glück hat er sein Thema in dem dramatischen Schäfergedicht Aminta gelöst.

Platon, Aristoteles und Kabbala waren die Grundlagen der Renaissance-Philosophie, deren Häupter Marsilio Ficino und Pico da Mirandola sind. Im Jahre 1600 wird in Rom der Pantheist Giordano Bruno verbrannt, der Verfasser der »Vertreibung der triumphierenden Bestie«, des satirischen Dialogs »Gastmahl am Aschermittwoch«, der Komödie »Der Lichtzieher«, einer Schrift zur Verteidigung des kopernikanischen Weltsystems und pantheistischer Sonette. Giordano Bruno führte ein gehetztes Leben, das ihn durch halb Europa brachte. In Genf stritt er mit den Kalvinisten, in Paris hielt er philosophische Vorlesungen, er kam nach London, Wittenberg, Prag, Helmstedt, Frankfurt am Main und Padua. In Venedig wurde er von der Inquisition festgenommen, sieben Jahre gefangen gehalten und dann hingerichtet; als ob geistige Wetterstürze geistlich gebannt werden könnten.

[…]

Im 17. Jahrhundert blühte, wie im übrigen Europa, in Italien die arkadische Dichtung, ohne markante Dichtercharaktere hervorzubringen. Guiseppe Parini (1729 bis 1799) macht sich von dem lastenden Erbe der Vergangenheit, der Renaissance, frei in seiner Satire »Das Tagwerk«. Carlo Goldoni (1707–1793) improvisiert seine leichten zärtlichen Komödien, von den Spaniern beeinflußt. Seine besten Stücke (»Diener zweier Herren«, »Das Kaffeehaus«) schreibt er nicht für seine Vaterstadt Venedig, sondern für das italienische Theater in Paris, wohin er vor seinem siegreichen Nebenbuhler Carlo Gozzi, dem Dichter traumhaft bunter Märchendramen, flüchtete. Vittorio Alfieri (1749–1803) fährt demgegenüber schweres klassisches Geschütz auf. Er will das geheiligte Prinzip der Latinität wieder herstellen und ruft flammend zu einer neuen Klassik. Bezeichnend für ihn ist seine Logik: Italien braucht eine neue tragische Literatur. Also werde ich sie ihm schaffen und schenken. Er ist der erste Fascist der Literatur: Italien muß wieder groß, tapfer, heroisch werden – koste es, was es wolle.

Der Halbgrieche Ugo Foscolo (1778–1827) ist Romantiker in seinem Gedicht »Die Gräber«. In seiner Werther-Imitation (Jacopo Ortis) klingt der Schmerz um den politischen Niedergang. Die Sehnsucht nach Befreiung ist das Leitmotiv der romantischen italienischen Dichtung, die Alessandro Manzoni (1785–1873) mit seinen Dramen und seinem historischen Roman »Die Verlobten« aus der politischen Enge in die dichterische Weite hebt. Er schildert die Geschichte zweier Liebender der Lombardei unter spanischer Herrschaft, die ein tyrannischer Lehnsherr nicht zueinander kommen lassen will. Manzonis Erfolg rief eine Unzahl Epigonen auf den Plan, die wertlose patriotische Romane zusammenschmierten.

Der Vollender der Klassik ist der kranke Krüppel Giacomo Leopardi (1798–1837), dessen Dutzend Gedichte mehr wiegt als alle zweiundzwanzig Tragödien Alfieris. Er ist der schwärzeste Pessimist, aber seine Verzweiflung und Hoffnungslosigkeit klingt nicht wild wie die Byrons oder ironisch wie die Heines, sondern sanft, süß. Er ist ein italienischer Inder. Er besingt sich selbst: »Nun wirst du ruhn für immer, / Du müdes Herz. Hin ist der Wahn, der letzte, / Den ewig ich geglaubt. Er ist zerronnen. / Es schwand für holden Trug mir / Der Wunsch sogar, nicht bloß die Hoffnung. Ruh / Nun aus für immer. Lange / Genug hast du gepocht. Nichts lebt, das würdig / Wär deiner Regungen, und keinen Seufzer / Verdient die Erde. / Laß diese / Verzweiflung sein die letzte. Kein Geschenk hat / Für uns das Schicksal als den Tod.«

[…]

Giosuè Carducci (1835–1907) verherrlicht Italien in gelehrten Schriften, heroischen Oden und gläsernen, strahlenden Reimen. Er hat u. a. Goethe und Heine ins Italienische übertragen. Sein »Hymnus auf Satan« ist voll kühner Gedanken. Carducci ist der Nobelpreisträger von 1906. Ada Negri huldigt in ihren Versen einem pathetischen Sozialismus, Giovanni Pascoli schwärmt wie ein schwarzer Falter. Matilde Serao schreibt neapolitaner, Grazia Deledda sardinische Romane. Edmondo de Amicis († 1908) ist der Autor von »Herz«, der Geschichte eines kleinen Schuljungen. Antonio Fogazzaro († 1911) schildert katholisierend die »Kleinwelt unserer Väter«.

Gabriele d'Annunzio (Pseudonym für Rapagnetta, * 1864) rühmt sich, ein Lateiner zu sein, und erkennt in jedem Menschen von fremdem Blut einen Barbaren. Er ist ein politischer Charlatan, ein Poseur mit einem genialen Einschlag; in seinen besten Werken (den Romanen »Feuer« und »Lust«, den Dramen »Das Schiff« und »Sebastian«) ein ganzer Dichter. Und unter dem Wust von Mittelmäßigkeit, der sich im heutigen Italien breit macht – wie nach 1870 in Deutschland –, immerhin ein Kerl. Hat man sich ein wenig durch diesen Wust durchgeschlängelt, dann erkennt man, wie notwendig der Zerstörungstrieb des Futurismus (F. T. Marinetti) diesem Lande ist, dessen Kultur unter einem oberflächlichen Verismus, einer schwächlichen Spätromantik (aus der der Gottsucher Giovanni Papini und der Ironiker Aldo Palazzeschi hervorragen) und größenwahnsinnigem Historismus zu ersticken droht. Aufbauende Kräfte sammeln sich um die Zeitschrift Ronda. Benedetto Croce wirbt mit seinem Goethebuch für das geistige Deutschland. Der Dichter des Tessin, der italienischen Schweiz, ist F. Chiesa.

Das Theater ist auf den Hund gekommen. Sem Benelli, Roberto Bracco und Gino Rocca kochen ihm noch die besten Schmarren. Als einziger ragt der Neuromantiker Luigi Pirandello (* 1867) hervor, dessen Stück »Sechs Personen suchen einen Autor« auch in Deutschland ein starker Theatererfolg war.

[…]

Dino Campana

Bastimento in viaggio

L'albero oscilla a tocchi nel silenzio.
Una tenue luce bianca e verde cade dall'albero.
Il cielo limpido all'orizzonte, carico verde e dorato dopo la burrasca.
Il quadro bianco della lanterna in alto
illumina il segreto notturno: dalla finestra
le corde dall'alto a triangolo d'oro
e un globo bianco di fumo
che non esiste, come musica
sopra del cerchio coi tocchi dell'acqua in sordina.

Firenze

Entro dei ponti tuoi multicolori
L'Arno presago quietamente arena
E in riflessi tranquilli frange appena
Archi severi tra sfiorir di fiori

Azzurro l'arco dell'intercolonno
trema rigato tra i palazzi eccelsi:
Candide righe nell'azzurro: persi
Voli: su bianca gioventù in colonne.

Marradi

Il vecchio castello che ride sereno sull'alto
La valle canora dove si snoda l'azzurro fiume
Che rotto e muggente a tratti canta epopea
E sereno riposa in larghi specchi d'azzurro:
Vita e sogno che in fondo alla mistica valle
Agitate l'anima dei secoli passati:
Ora per voi la speranza
Nell'aria ininterrottamente
Sopra l'ombra del bosco che la annega
Sale in lontano appello
Insaziabilmente
Batte al mio cuor che trema di vertigine

Schiff unterwegs

In der Stille schwingt der Mastbaum Schlag um Schlag.
Ein schwaches, weißlichgrünes Licht fällt von ihm ab.
Der Himmel klar am Horizont, grüngoldgeladen nach dem Sturm.
Das weiße Viereck der Laterne oben
erleuchtet nächtliches Geheimnis: vorm Fenster
die Taue von oben im goldenen Dreieck
und ein dunstweißer Globus,
den es nicht gibt, wie Musik
über dem Kreis, zum heimlichen Schlagen des Wassers.

Florenz

Zwischen deinen Brücken, farbenfroh
Ruht der Arno ahnungsvoll in seinem Becken
Und bricht in stillen Lichtreflexen kaum
Die strengen Bögen zwischen abgeblühten Blumen.

Azur, der Kolonnaden-Bogen zittert
mit seinen Rillen zwischen ausgesuchten Bauten:
Weiße Streifen im hellen Blau: verlorene
Flüge: über Kolonnen von weißer Jugend.

Marradi

Das alte Schloss, das heiter in der Höhe lacht
Das tönende Tal, wo der blaue Fluss sich windet
Der brüllend und gebrochen seine Epen schmettert
Und heiter ruht, in breiten, azurenen Spiegeln:
Leben und Traum, die ihr am Grund des mystischen Tals
Die Seele der vergangenen Jahrhunderte aufstört:
Nun erhebt sich für euch die Hoffnung
In den Lüften, ununterbrochen
Über dem Schatten des Waldes, der sie ertränkt
Einem fernen Aufruf folgend
Unersättlich
Schlägt mein Herz, das vor Schwindel zittert.

La petite promenade du poète

Ne ne vado per le strade
Strette oscure e misteriose:
Vedo dietro le vetrate
Affacciarsi Gemme e Rose.
Dalle scale misteriose
C'è chi scende brancolando:
Dietro i vetri rilucenti
Stan le ciane commentando.
. . . .
La stradina è solitaria:
Non c'è un cane: qualche stella
Nella notte sopra i tetti:
E la notte mi par bella.
E cammino poveretto
Nella notte fantasiosa,
Pur mi sento nella bocca
La saliva disgustosa. Via dal tanfo
Via dal tanfo e per le strade
E cammina e via cammina,
Già le case son più rade.
Trovo l'erba: mi ci stendo
A conciarmi come un cane:
Da lontano un ubriaco
Canta amore alle persiane.

Una poesia per Sibilla Aleramo

Sul più illustre paesaggio
Ha passeggiato il ricordo
Col vostro passo di pantera
Sul più illustre paesaggio
Il vostro passo di velluto
E il vostro sguardo di vergine violata
Il vostro passo silenzioso come il ricordo
Affacciata al parapetto
Sull'acqua corrente
I vostri occhi forti di luci.

La petite promenade du poète

Ich durchstreife alle Straßen
Düster, eng, geheimnisvoll:
Sehe hinter Fensterscheiben
Locken Rosen und Juwelen
Von der geheimnisvollen Treppe
Steigt einer abwärts, tastet sich voran:
Hinter blinkenden Vitrinen
Stehn und schwatzen alte Weiber.
. . . .
Auf der Straße, ganz verlassen:
Nicht ein Hund: Nur da und dort
Steht nachts ein Stern über den Dächern:
Und die Nacht erscheint mir schön.
Und so streune ich, armer Teufel
Durch die fantastische Nacht,
Doch in meinem Mund schmecke ich
Den widerwärtigen Speichel. Fort die Fäulnis!
Fort die Fäulnis und auf den Straßen
Weiter und immer weiter laufen,
Wo die Häuser beinahe aufhörn.
Ich stoße auf Gras: strecke mich aus
Wälze mich wie ein Hund auf dem Boden:
In der Ferne ein Betrunkener,
Der von Liebe singt vor den Fensterläden.

Ein Gedicht für Sibilla Aleramo

In der berühmtesten Landschaft
Promenierte die Erinnerung
Mit eurem Pantherschritt
In der berühmtesten Landschaft
Euer samtener Schritt
Und euer Blick einer verletzten Jungfrau
Euer Schritt, wie die Erinnerung so leise
Über die Brüstung gebeugt
Über strömendem Wasser
Eure lichtstarken Augen.

Übersetzt von Theresia Prammer

Carolin Fischer

In memoriam
Peter Brockmeier

Paradoxe Emanzipation auf Sardisch

Die Literatur-Nobelpreisträgerin Grazia Deledda

Nachdem 2004 »Marianna Sirca«, einer der vielleicht schönsten Romane von Grazia Deledda, bei Artemis & Winkler erschienen war, blieb die Autorin für über ein Jahrzehnt aus den deutschen Buchhandlungen weitgehend verschwunden. Die Publikation einiger ihrer Bücher in diversen kleineren Verlagen seit 2017 hat wenig daran geändert, dass die Sardin, die vor knapp einem Jahrhundert auch international zu höchsten literarischen Ehren kam, gegenwärtig dem hiesigen Publikum nur wenig vertraut ist. Vielleicht kann die aktuelle Übersetzung Monika Lustigs von »Il paese del vento« als »Blicke der Liebe und des Neids« hier Abhilfe schaffen (Wiesbaden: S. Marix, 2024).

1871 kam Grazia Deledda in Nuoro zur Welt, einem Städtchen im bergigen Hinterland Sardiniens, das damals gut fünftausend Einwohner zählte. Die Familie war wohlhabend, die Mutter zeit- und landestypisch ganz auf den Haushalt mit sieben Kindern konzentriert, und ihren Töchtern ein ähnliches Leben beschieden. So wird immer wieder darauf beharrt, dass Grazia Deledda Autodidaktin war, was aber sehr viel mehr über ein bestimmtes Frauenbild als über ihren tatsächlichen Bildungsweg aussagt. Zwar hatte sie weder wie Schiller Medizin noch wie Goethe, Flaubert und ihr eigener Vater Jura oder wie ihr Zeitgenosse Pirandello Romanische Philologie studiert noch eine höhere Schule besucht, doch abgesehen von der soliden Ausbildung dieser Herren am Gymnasium, kann man sich fragen, ob das Studium für ihren beruflichen und künstlerischen Werdegang wirklich prägend war.

Seine juristischen Kenntnisse mögen dem Vater mitunter genutzt haben, um den familiären Lebensstandard als Grundbesitzer und Kaufmann abzusichern. Allerdings hatte er auch literarische Interessen und Neigungen, verfügte über eine Bibliothek, vor allem aber engagierte er einen Hauslehrer, bei dem Grazia Französisch und – ohne jede Begeisterung – Latein lernte; sie fand die Sprache ebenso glorreich wie langweilig. Ihr Französisch hingegen war gut genug, um später Balzacs »Eugénie Grandet« zu übersetzen, sicher nicht zufällig die Geschichte einer Frau, deren Existenz völlig vom geizigen Vater bestimmt und auf das eigene Haus beschränkt blieb. Glücklicherweise war Deleddas Vater ganz anderer Natur. Er dichtete selbst, gründete eine Druckerei und gab eine Zeitschrift heraus. Auch verschaffte er seiner Tochter die Möglichkeit umfassender Lektüren, sowohl der europäischen Klassiker als auch zeitgenössischer Autoren wie Verga und D'Annunzio. Ob sie »Les

< Max Mahlow: Grazia Deledda

Misérables« im Original gelesen hat, wissen wir nicht, doch zitiert sie Victor Hugo (auf Italienisch) in einem ihrer ersten Romane, »Fior di Sardegna«.

Überhaupt spielt die Frage nach der Sprache erstaunlicherweise nur eine völlig nebensächliche Rolle in den Untersuchungen zu ihrem Werk, obwohl sie es nicht in ihrer Muttersprache verfasste. Diese war in doppeltem Sinne das Sardische, da es das einzige Idiom war, das ihre Mutter, die sich ausschließlich in der Tracht Nuoros kleidete, beherrschte. Und auch die Verse des Vaters waren in der Sprache der Insel. Italienisch musste Grazia Deledda erst lernen, durch die Schule, Hauslehrer und natürlich Lektüren – also keineswegs als Autodidaktin. Von der Mutter wurde sie wie ihre vier Schwestern ganz traditionell erzogen, doch bereits »modern« gekleidet, wenn auch mit der ortsüblichen Kopfbedeckung. Alle Töchter lernten die verschiedensten Tätigkeiten der Haushaltsführung, doch blieb Grazia trotz diverser häuslicher Pflichten stets Zeit zum Lesen und Schreiben. Sosehr sie das von der Mutter vermittelte, auf die drei »K« reduzierte Frauenbild für sich selbst ablehnte, nahm sie die Rolle der Hausfrau und Mutter noch als berühmte Schriftstellerin selbstverständlich wahr.

Ab ihrem sechzehnten Lebensjahr half sie dem Vater auch bei der Buchhaltung, konnte somit nach dessen Tod 1892 wesentlich bei der Führung der Familiengeschäfte einerseits und der Erziehung ihrer beiden jüngeren Schwestern andererseits mithelfen. Doch arbeitete sie nichtsdestoweniger an ihrer Karriere als Schriftstellerin weiter und führte eine umfangreiche Korrespondenz.

Sehr früh hatte sie zu schreiben begonnen und erste Erzählungen an Frauenzeitschriften geschickt. Dort fand sie auch ein anderes weibliches Rollenmodell, weniger in den fiktionalen Figuren als vielmehr in Autorinnen wie Carolina Invernizio oder Matilde Serao. Bereits 1888 erschien ihre erste Erzählung »Sardisches Blut« in der Zeitschrift »Ultima Moda«, eine Geschichte von Liebe und Rache eines jungen Mädchens. Damit war sie natürlich in jeder Hinsicht zu weit gegangen: Ein anständiges Mädchen blieb zu Hause, half der Mutter – was Grazia durchaus tat – und wartete darauf, verheiratet zu werden – was Grazia nicht tat. Stattdessen korrespondierte sie mit diversen Männern, doch leider war keiner der geeignete Kandidat. Vor allem verschwendete eine junge Frau keine Zeit auf Lektüre oder gar eigenes Schreiben; damit auch noch an die Öffentlichkeit zu treten war schlicht undenkbar. Überdies einen Schauplatz und eine Protagonistin zu wählen, die dem Lebenskreis der Autorin sowie ihr selbst nicht unähnlich waren, brachte das Fass zum Überlaufen. Ein Exemplar der Zeitschrift mit Deleddas erster Publikation soll sogar im Städtchen verbrannt worden sein.

Um sich zumindest partiell gegen Kritik, auch aus der eigenen Familie, zu schützen, wählte sie ferne Schauplätze, die sie natürlich nicht kannte, doch einmal etabliert blieb sie ihren Anfängen und ihrer Insel treu, die Bühne quasi sämtlicher Werke ist.

Dies mag umso mehr überraschen, als sie selbst Sardinien nachdrücklich den Rücken kehrte: Nach diversen gescheiterten Versuchen, per Korrespondenz einen Ehemann zu finden, der nicht aus Sardinien stammte, zog sie am 22. Oktober 1899 nach Cagliari. Dort lernte sie Palmiro Madesani, einen Finanzbeamten aus Norditalien, kennen, den sie bereits am 11. Januar 1900, ganz wie es sich gehörte, in ihrem Heimatort ehelichte.

Die Wahl ihres Ehemanns steht nahezu sinnbildlich für ihr Verhältnis zu Sardinien und zu ihrer Rolle als Frau, die beide mehr als vielschichtig sind: Sie wählt eigenständig einen Norditaliener, mit dem sie sich bald nach der Hochzeit in Rom ansiedelt. Er gibt – für damalige Verhältnisse mehr als ungewöhnlich – seinen Beruf auf und arbeitet als Agent seiner Frau, die durch ihr Schreiben das Einkommen der Familie sichert. Gleichzeitig bleibt sie in gewisser Weise der Lebensform treu, in der sie erzogen wurde: Sie ist treusorgende Mutter ihrer beiden Söhne, führt den Haushalt und ein weitgehend zurückgezogenes, geregeltes Leben, an dem weder ihr Erfolg noch ihre spätere Krebserkrankung, an der sie 1936 verstirbt, etwas ändern.

Grazia Deledda war überzeugte Feministin. In einem Interview von 1914 sagte sie: »Die Frau [...] braucht Freiheit, sie braucht Licht, sie muss ihrem Gewissen die Verantwortung für sich selbst überlassen und es nicht jenen anvertrauen, die dessen oft unwürdig sind, sei es durch Bosheit oder Unvermögen. Die Frau hat einen Platz in der Gesellschaft. Sie muss ihn einnehmen.« 1908 hatte sie am ersten italienischen Frauenkongress von Maria Montessori teilgenommen und im folgenden Jahr sogar für das italienische Parlament kandidiert. Genauso wie sie noch heute immer wieder als »Autodidaktin« gebrandmarkt wird, sprach man ihr damals jegliche Qualifikation ab, um beispielsweise in der Haushaltskommission zu tagen, obwohl sie vermutlich sehr viel mehr Erfahrung in Buchführung hatte als die meisten Abgeordneten. So schrieb Giuseppe Piazza in der römischen Zeitung »La Tribuna«: »Sie hat ihr Leben damit verbracht, zwei Dinge zu tun: Romane zu schreiben und großartige Söhne zu gebären.« Gerade Letzteres ließe ihr keine Zeit für ein politisches Amt! Obwohl sie fest in Rom lebte, kandierte sie in ihrem Geburtsort Nuoro. Dort erhielt sie immerhin 34 Stimmen, von denen allerdings 31 für ungültig erklärt wurden. Trotz ihrer zitierten Überzeugung hielt sie sich für den Rest ihres Lebens von den öffentlichen Debatten fern.

Ebenso paradox erscheint ihr Verhältnis zu ihrer Heimatinsel, von der sie sich dreifach, durch die Wahl der Sprache, des Ehemanns und des Lebensmittelpunktes, distanzierte, die aber im Zentrum fast aller ihrer Werke steht. Man könnte meinen, dass sie den Abstand brauchte, um das sehr archaische Sardinien, das sie in den verschiedensten Facetten beschreibt, besser fassen zu können; vermutlich waren die Distanzierung wie die von ihr gewählte Lebensweise sogar *conditio sine qua non,* um ihr Werk zu schaffen. Wir können nur darüber spekulieren, ob sie mit einem sardischen Ehemann in Nuoro dieselben kreativen Freiräume gehabt hätte, doch steht fest, dass sie die italienische Sprache wählen musste, um ein Publikum zu finden und dass noch 1902, nach dem Erfolg von »Fior di Sardegna«, der Buchhändler in ihrem Heimatort sich weigerte, ihre Werke zu verkaufen.

So hat Grazia Deledda von früher Jugend bis an ihr Lebensende ebenso zielstrebig wie erfolgreich ihre Karriere als Schriftstellerin verfolgt und gleichzeitig im Privaten eine weitgehend traditionelle Frauenrolle fortgeführt. Insgesamt publizierte sie nicht weniger als sechsunddreißig Romane und über zweihundertfünfzig Erzählungen. Dieses Arbeitspensum ist umso erstaunlicher, wenn man in Betracht zieht, dass sie verschiedene ihrer Romane wiederholt sowohl sprachlich als auch inhaltlich überarbeitete.

Früh fand sie auch international Anerkennung: Eine erste Übersetzung von »Anime oneste« (1895; »Ehrliche Seelen«) erschien bereits 1899 in Paris, in Deutschland manifestierte sich ein Jahrzehnte anhaltendes Interesse an der Autorin zuerst 1906 mit E. Berlings Fassung von »Elias Portolu«, auf die nicht weniger als siebzehn weitere Romane auf Deutsch bis zur Jahrhundertmitte folgten. In Spanien erschienen verschiedene Titel fast zeitgleich mit der italienischen Ausgabe, und auch dem englischsprachigen Publikum wurden einige ihrer Bücher zugänglich gemacht. Höhepunkt des Erfolges war zweifellos der Nobelpreis, der ihr 1926 verliehen wurde, als zweiter Frau überhaupt nach Selma Lagerlöf – zwanzig Jahre nach Giosuè Carducci und acht Jahre vor Pirandello, mit dem sie eine offene Animosität verband.

In der Begründung hieß es, dass sie den Preis erhielt »für ihre von hohem Idealismus getragene Verfasserschaft, die mit Anschaulichkeit und Klarheit das Leben ihrer väterlichen Herkunft schildert und allgemeinmenschliche Probleme mit Tiefe und Wärme behandelt«. Nebenbei sei die Frage gestattet, warum von »väterlicher Herkunft« die Rede ist, waren doch beide Eltern tief in Sardinien verwurzelt, wie auch die Figuren der Autorin. Ausschlaggebend für den Nobelpreis war der – erst 1951 ins Deutsche übersetzte – Roman »Schilfrohr im Wind« (1909), die Geschichte vierer wohlhabender Schwestern, die aber als unverheiratete Frauen in allen Belangen von ihrem letzten verbliebenen Landarbeiter, Efix, abhängig sind, der sich völlig für sie aufopfert. Das Frauenbild, das Deledda hier zeichnet, könnte traditioneller nicht sein. Die einzige Schwester, die aus der häuslichen und dörflichen Enge sowie vor der Despotie des Vaters flieht, stirbt, gewissermaßen als Strafe, jung. Ihr einziger Sohn, der kaum erwachsen zu seinen weitgehend verarmten Tanten zieht, bringt sie als Nichtsnutz (aber eben Mann) schnell an den Rand des endgültigen Ruins. Keine Entscheidung wagen die Frauen letztlich ohne Efix zu treffen, der gebeugt vom Alter und einem entbehrungsreichen Leben dieses allerdings erst aushaucht, als es ihm gelungen ist, wenigstens eine der vier Damen standesgemäß mit einem reichen Mitbürger zu verheiraten.

In diesem ergreifenden Roman zeichnet die Autorin ein Panorama des harten und von strengen Regeln geprägten Lebens auf dem Lande ihrer ursprünglichen Heimat. Deren Landschaft nimmt noch weiteren Raum in »Marianna Sirca« ein. Hier zeigt uns Deledda eine wirklich starke Frau, die zumal durch ein nicht unerhebliches Erbe zu Status und finanzieller Unabhängigkeit gekommen ist. Zu Besuch bei ihren Herden trifft sie Simone Sole, einen Freund aus Kindertagen wieder, der allerdings, um unwürdigen Lebensbedingungen zu entkommen, zum Banditen geworden ist. Sie verlieben sich in der rauen Berglandschaft, und Marianne empfängt Simone sogar nächtens in ihrem Haus im Ort – allerdings in Gegenwart einer alten Dienerin. Die Heiratspläne scheitern, der Bandit wird erschossen. Mariannas Emanzipationsstreben wird von der Autorin hier nicht durch den eigenen Tod, sondern den des Geliebten bestraft, und schließlich unterwirft auch sie sich den herrschenden patriarchalischen Normen, indem sie eine den herrschenden Konventionen entsprechende Vernunftehe eingeht.

Wie nun lassen sich Grazia Deleddas Leben und Werk verstehen? Zielstrebig und mit großer Disziplin hat sie von frühester Jugend an ihr Ziel, Schriftstellerin zu sein, umgesetzt, es zu Wohlstand und höchster internationaler Anerkennung gebracht. Abgesehen von dem »Ausrutscher« der politischen Kandidatur hat sie sich nicht für die Emanzipation der Frauen engagiert und, sofern es ihrer Karriere nicht schadete, die Konventionen respektiert. Ihr Werk kann man als Hymne auf Sardinien lesen, doch schildert sie ohne Schönfärberei die oft harten und stark begrenzten Lebensumstände, vor deren Kulisse die Charaktere zusätzlich an Intensität gewinnen, die ihre Texte oft ergreifend machen. Da ist für befreite Frauen kein Raum. Bestenfalls könnte man in den Romanen eine Anklage gegen deren Unterwerfung sehen, doch findet sich nirgends ein expliziter Hinweis darauf.

So haben es ihr Leben und vor allem ihre Figuren letztlich möglich gemacht, dass die anfangs verfemte Tochter Nuoros postum wieder eingemeindet werden konnte: 1959 wurden ihre sterblichen Überreste von Rom nach Sardinen umgebettet, in die Kapelle der Madonna della Solitudine, Schauplatz eines ihrer letzten Romane, am Fuß des Monte Ortobene, den sie von ihrem Elternhaus aus hatte sehen können. Auf eigenen Wunsch war sie in dem braunen Samtkleid bestattet worden, in dem sie den Nobelpreis in Stockholm entgegengenommen hatte. Die Bronze-Statue von Pietro Longu, die ihr zu Ehren 2020 auf dem Monte Ortobene aufgestellt wurde, hingegen trägt, wie einst Grazias Mutter, die örtliche Tracht und hat, ganz wie es sich gehört, den Blick gesenkt.

Gabriele d'Annunzio

Ex imo corde

Mentre a 'l bel sole de 'l novello aprile
rìdono e terra e mare,
e fra' capelli un zefiro gentile
mi sento folleggiare,

da questa balza che s'eleva ardita
ti guardo, o Sannio mio,
e in cor mi sento rifiorir la vita
con ardente disìo.

Via per l'azzurro tuo ciel radiante
volano i miei pensieri
sì come una fugace e gorgheggiante
torma d'augelli neri;

e le vigili strofe intorno intorno
mi guidano una danza,
le strofe ch'io con tanto amore adorno,
che son la mia speranza.

Ah sì, le calme de 'l tuo ciel divine
mi fecero poeta,
i sorrisi d'un mar senza confine
là tra la mia pineta:

tra la pineta mia dov'ho passati
i momenti più belli,
dove ho goduti i miei sogni dorati
i canti de li uccelli;

dov'io disteso su l'erbetta molle
mille volte piangendo
ho rimirato il sol che dietro a 'l colle
si nascondea fulgendo,

o un nuvolo leggero e luminoso
natante via pe 'l cielo
ne l'ampio plenilunio silenzioso
come un argenteo velo;

Ex imo corde

Wenn der April die Frühlingssonne fühlt,
es lachen Meer und Erd,
wenn mir der Zephir sanft das Haar zerwühlt,
fällt ab, was mich beschwert.

In solcher Stimmung, solcher Euphorie
schau ich auf Sannios Flur,
damit das Leben wieder in mir blüh',
hier einzig spür ich's nur.

In deinen Himmel, Sannio, blau und klar
schwingt sich mein Denken auf,
wie eine flüchtige schwarze Vogelschar,
die trillernd fliegt hinauf.

Die Strophen führen strudelnd mich im Kreis,
in dem der Tanz mich wiegt,
ich schmücke sie mit Liebe, wie ich's weiß,
weil hier die Hoffnung liegt.

Die Ruhe deines Himmels hat aus mir
den Dichter erst gemacht,
weil ich in meinen Pinienwäldern spür,
wie mir das Meer zulacht.

Dort unter Pinien hab ich wohl erlebt
das Schönste, einst und wieder,
hab dort aus Gold die Träume mir gewebt
und hört' die Vogellieder;

Dort lag ich ausgestreckt im weichen Moos,
vom Lärm der Welt wie krank,
und sah die Sonne hinterm Hügel bloß,
wie funkelnd sie versank,

Dann eine Wolke, leicht und voller Licht,
die durch den Himmel schwimmt,
der Schein des halben Mondes an ihr bricht,
ein Silberschleier glimmt.

dove ho provate voluttà sì strane
i murmuri ascoltando
de' vecchi pini, a cui da lunge un cane
rispondea latrando,

o la solenne musica de l'onde
che increspandosi appena
venian soavi a le ricurve sponde
a ribaciar l'arena…

E con serene ebrezze la speranza
ne 'l core mi fioria,
mentre i sogni superbi con baldanza
puërile inseguia…

I miei sogni di gloria e libertate
per l'azzurro fuggenti
come una schiera di fanciulle alate
o di meteore ardenti!…

Or co' giovini mandorli fioriti
a 'l sol rïaprono l'ale
gli entusïasmi splendidi sopiti
ne l'inverno glaciale,

e ti mando un saluto, o Sannio fiero,
senza nube d'affanni,
con tutto il foco prepotente e altero
de' miei diciassett'anni!…

Veggo di qui le tue selvagge vette
radïanti di neve,
da cui si slancian simili a saette
l'aquile a l'aer lieve,

e la verde pianura co' giardini
cui sorridono i fiori
che ne' vesperi rossi e ne' mattini
intrecciano gli amori.

Veggo i lavacri de 'l mio bel Pescara,
immane angue d'argento,
co' i salci e i pioppi giù ne l'acqua chiara
inchinantisi a 'l vento,

Dort hat mich unbekannte Lust durchflossen,
wenn ich das Rauschen hörte
der alten Pinien, das den Hund verdrossen,
der bellend sich beschwerte,

Und die Musik der Wellen: Nie versiegten
sie kräuselnd dort am Strand,
wo sie sich ans gebogne Ufer schmiegten
und küssten seinen Sand,

Die Hoffnung kam als heiter trunkne Flut
und blüht' im Herzen auf,
und große Träume mit dem Übermut
der Jugend folgten drauf.

Die Träume dann von Freiheit und von Glanz,
sie flogen wie ein Chor
geflügelter Gestalten wild im Tanz,
und wie ein Meteor.

Mit Mandelbäumen, die die Blüte regen
und so die Sonne grüßen,
bevor sie die Begeistrung schlafen legen
und sich im Winter schließen,

Schick ich den Gruß, der mir im Herzen brennt:
Rein, Sannio, soll er schweben
in einem Feuer, stolz und präpotent,
von siebzehn Jahren Leben!

Von hier kann ich auf deinen wilden Höhen,
auf schneebedecktem Kar,
die Adler wie die Pfeile fliegen sehen
in Lüften, dünn und klar,

Wo dann ich auf die grüne Ebne schau
mit Blumen und mit Reben,
wie sie im Abendrot und Morgentau
an neuer Liebe weben.

Im Wasser von Pescara seh ich zappeln
die bösen Silberschlangen,
dort wiegen sich die Weiden und die Pappeln,
um allen Wind zu fangen,

con le crete de gli argini fiammanti
d'una follìa di gialli
che dànno a l'acqua tripudî abbaglianti,
splendori di metalli;

e là giù in fondo i colli di Spoltore
sorrisi da gli olivi,
dove le donne cantando d'amore
vanno a stormi giulivi …

Con quale ebrezza su' tuoi lieti piani
sorvolo galoppando
a un'incognita mèta, i più lontani
orizzonti agognando,

sì come ne gli orrori de 'l deserto
il fiero beduino
tutto di bianco caffetan coperto
galoppa a 'l suo destino! …

Prendi! da l'imo de 'l mio giovin cuore
questo canto t'invio
o patria bella, o mio divino amore,
o vecchio Sannio mio!

Alba d'Estate

L'alba surgente da le mie colline
dolce mi guarda co' risi di neve,
mentre le messi d'ôr su' campi chine
si baciano fremendo a l'aura lieve.

Mi passano su 'l volto le divine
fragranze amiche de 'l giardin mio breve,
e il suon de le campane mattutine
lunge si spande da la vecchia pieve.

Una torma di lodole giocondo
co' i canti de la gioia e de l'amore
mi saluta fuggendo tra le fronde;

e io penso a l'Arte, a 'l giovenil mio fiore,
penso a la mamma, a due treccione bionde,
e la speranza mi tripudia in core.

Mit Uferstreifen, deren helle Brände
gelb leuchten überall,
die aus dem Wasser farbenprächtig blenden
wie glänzendes Metall;

Die Hügel von Spoltore sind zu schauen
mit den Olivenschirmen,
und Liebeslieder aus dem Mund der Frauen
verwehn in frohen Stürmen …

Durch Ebenen in Trunkenheit und Spiel
flieg ich darüber hin,
fern reicht mein Flug mit unbekanntem Ziel,
den Horizont im Sinn,

Wie aus der Weite seiner Wüste flieht
der stolze Beduine,
er sucht, wenn er den Kaftan überzieht,
das Los hinter der Düne!

Nimm dies! Aus meinem jungen Herzensgrund
schenk ich dir diese Zeilen,
der Heimat und der Liebe singt mein Mund,
mein Sannio, hier zu weilen!

Sommermorgen

Von meinen Hügeln blickt die Morgenröte
mich freundlich an vom schneebedeckten Zelt,
und goldne Halme, die der Wind durchwehte,
sie küssen bebend sich im weiten Feld.

Ich riech, wenn ich den Kopf nur etwas drehte,
freundlichen Duft von meinem Stückchen Welt,
im kleinen Kirchlein murmelt man Gebete,
zu denen sich der Glockenklang gesellt.

Ein Schwarm von Lerchen wirbelt durch das Tal,
dass er mir Freud' und Liebe offenbare,
er schickt mir Freudesgrüße ohne Zahl.

Ich denke an die Kunst, an viele Jahre,
an Mama und an ihre blonden Haare,
und Hoffnung füllt mein Herz mit einem Mal.

Oblivia

Via per la calma de la notte estiva,
via pe' tremoli albori,
lontano van su l'aura fuggitiva
mille effluvî di fiori.

Brilla là giù ne la città dormente
ancor qualche fanale:
pe' cupi azzurri brilla arcanamente
una danza immortale.

E la pronuba luna un bianco riso
piove su 'l queto mare,
mentre ne l'ampio speglio il tondo viso
cangiato in serpe appare…

L'immensa solitudine secura
m'avvolge in sua magia;
ne 'l sentimento de l'alma Natura
la mia anima s'oblia,

e vola, vola per oceani ignoti
abbandonatamente,
come candido augello a' più remoti
lidi dell'orïente.

Vergessen

Hier, in der Ruhe einer Sommernacht,
durch Bäume wehn die Lüfte,
da haben sich wohl auf den Weg gemacht
viel tausend Blumendüfte.

Dort unten, in der Stadt, die schlafen soll,
erhellt ein Blitz die Wände,
durch blaues Dunkel zuckt geheimnisvoll
ein Lichttanz ohne Ende.

Der Kuppler Mond ergießt sein weißes Lachen
aufs dunkle, ruhige Meer,
wo Spiegelungen sein Gesicht dann machen
zu einem Schlangenheer…

Die Einsamkeit, so ohne Maß, so warm,
voll Zauber für mich ist,
und die Natur nimmt mich in ihren Arm,
damit mein Herz vergisst,

es fliegt zu unbekannten Ozeanen
an fremdem Kontinent,
wie weißer Vogel zieht es seine Bahnen
im fernen Orient.

Übersetzt von Georg Holzer

Ursula Menzer

Lustwandeln mit Boccaccio

In der frischen, sonnenerwärmten Morgenluft liegt ein holzig-bitterer Duft. Er geht von den geschnittenen Einfassungen der Beete aus, an denen ich entlangstreiche. So riecht es in mittelalterlichen Klostergärten, so riecht es in italienischen Renaissance-Gärten mit ihren Umrandungen und Ornamenten aus Buchsbaum.

Seit Mitte März führen mich meine Spaziergänge frühmorgens in den kleinen Park. Auch an diesem Morgen ist er um diese Zeit nahezu leer. Distanzregel und Schutzmaske sind unnötig. Ich schreite aus, atme lungenflügel-stärkend tief durch. Fast zu vergessen, dass die Corona-Epidemie mit ihren komplexen Maßnahmen seit Wochen unser Denken und Handeln durchzieht.

Der Park, ein leicht abschüssiges Gelände zum Alsterfluss hin, war im 19. Jahrhundert – damals noch vor den Toren der Stadt – der Eppendorfer Sommerlandsitz eines Hamburger Senators. Die frühere Villa ist nicht mehr erhalten.

Landsitze, umgeben von geschützten Gartenanlagen, in denen man sich in aller Abgeschiedenheit ergehen konnte, waren nicht selten hochprivilegierte Fluchtorte. Vor Hitze, Feuchtigkeit, Gestank, Krankheiten. Besonders in den schnell wachsenden Großstädten des 19. Jahrhunderts grassierten – nicht zuletzt infolge schlechter Wasserversorgung und unvorstellbarer hygienischer Bedingungen in den ärmeren Wohnvierteln – Seuchen, speziell die Cholera. Immerhin nicht mehr die Pest.

Über 500 Jahre früher, Mitte des 14. Jahrhunderts, schrieb der italienischen Schrifsteller Giovanni Boccaccio, nachdem die Pest Florenz heimgesucht hatte, einen Klassiker der Flucht-auf-den-Landsitz-Literatur. In seiner Novellensammlung »Il Decamerone« begleitet er eine Gruppe junger Damen und Herren, die mitsamt ihrer Dienerschaft vor dem »tödlichen Pestübel« aus der Stadt flieht. Schutz suchen sie in der prachtvollen Landschaft der toskanischen Hügel. Die lebenslustige Schar, privilegiert und wohlerzogen, setzt sich aus Abkömmlingen des florentinischen Patriziats zusammen. Ihre Unterkünfte: luxuriöse Villen und Schlösser. Nach zwei Meilen erreicht die Gruppe ihren ersten Bestimmungsort:

Er lag auf einem Hügel, der nach allen Seiten ein wenig von den Landstraßen entfernt war, bedeckt mit allerlei Gesträuch und Pflanzen, deren frisches Grün lieblich anzuschauen war. Auf dem Gipfel des Hügels stand ein Palast, umgeben von wunderschönen Gärten, anmuthigen Wiesen und kühlen Quellen, welcher

< *Max Mahlow: La storia del Fiasco*

inwendig einen geräumigen Hofplatz hatte, viele schöne Zimmer und Säle, mit den herrlichsten Malereien verziert, und Keller, gefüllt mit köstlichsten Weinen …

Im Takt von einigen Tagen wandert die Schar zu einem neuen, ebenso freundlichen und aufs Beste ausgestatteten Domizil. Unterwegs begegnen sie Tieren, die ihre Schreckhaftigkeit verloren haben. Der verheerenden Pest wegen, die jegliches Wirtschaftsleben zum Erliegen bringt, werden sie nicht mehr gejagt. Ein Paradies vor dem Hintergrund des Todes und des gesellschaftlichen Niedergangs. Eine Utopie des guten und schönen Lebens, erkauft um den Preis gesellschaftlicher Segregation. Die kleine Reisegruppe wirkt aus heutiger Sicht wie von einem Rundum-Sorglos-Paket umhüllt, das der Tourismus des späten 20. Jahrhunderts erfand.

Wo alles eingerichtet ist, um in Freude und Lust zu leben, wie Boccaccios Decamerone-Programm lautet, ist das Lustwandeln die dem entsprechende Art der Bewegungsform: gehend, langsam und unter angenehmen Gesprächen, Lieder singend, Kränze flechtend.

Hier haben wir Gärten, Wiesen und allerlei andere Luftörter, wo ein Jeder nach seinem Belieben lustwandeln kann, und so bald es drei Uhr ist, wollen wir uns alle hier versammeln, um im Kühlen zu essen.

Diskrete Hygiene-Angebote fehlen nicht. Bei ihrer Rückkehr finden die jungen Frauen und Männer den Boden mit Blumen und wohlriechenden Kräutern bestreut und Wasser zum Händewaschen vor.

Frühmorgens, bis die Sonne steigt, unternehmen sie kurzweilige Ausflüge, wandern entspannt, denn sie wissen sich außerhalb des Infektionsgebietes. Aber die Gefahr des Todes bleibt als Möglichkeit in der Reflexion erhalten.

Sie hatten sich bekränzt mit Eichenlaub, und trugen in den Händen große Sträußer von wohlriechenden Kräutern und Blumen, und wer ihnen begegnete, der konnte nichts anders von ihnen denken, als daß ihnen der Tod entweder nichts anhaben könnte, oder daß sie ihm fröhlich entgegen gingen. So wanderten sie Schritt vor Schritt, unter Gesang, Gesprächen und Scherzen, nach dem Palaste zurück …

Die Clique verbringt zwei glückliche Wochen zusammen mit Lustwandeln, Spazierengehen, Wandern. Der Umgang miteinander ist von wertschätzender Freundlichkeit. Alle Beteiligten sind gesellig und kommunikativ. Die Nachmittage sind dem Erzählen von Geschichten gewidmet, die jeweils unter einem anderen Motto stehen: Liebe und Betrug, Glück und Lebensklugheit. Frivolität und blasphemische Frechheiten inklusive.

Dann kehrt die illustre Schar nach Florenz zurück, obwohl die Pest noch nicht ausgestanden ist. Und der Autor Boccaccio? Er erklärt nichts!

Vertraut er auf die moralische Wirkung der Erzählungen? Erfährt die Gruppe der jungen Florentiner im Rahmen von Gemeinschaft und Isolation eine Reifung? Distanzieren sie sich von ihrem Eskapismus, von ihrem hedonistischen Bedürfnis nach einer exklusiven Parallelgesellschaft im Luxusresort, wo die Reichen überleben, während die Armen ungerührt dem Verderben überlassen bleiben? Haben sie etwas gelernt?

Immerhin wurde im Italien dieser Zeit die Quarantäne erfunden. Die Humanisierung der Quarantäne – Abstand halten ist geboten, doch nur in Kombination mir sozialer Nähe, mit Fürsorge – brauchte dann noch etwas länger.

Jetzt für den Heimweg durch die Straßen der Gegenwart: Schutzmaske auf, Abstand halten – im Zweifelsfalle, wie in Boccaccios Gemeinschaft der Höflichen, dem anderen stilvoll den Vortritt lassen.

* * *

Kursives zitiert Dietrich Wilhelm Soltaus Übersetzung des »Dekameron« (drei Bände, Berlin: Frölich, 1803).

Francesco Maria Tipaldi

Opera del rapimento

con un grosso panno nella bocca sembra avere
uno sguardo più potente
è vero?
è sano che si veda quella vena verde?

*

Non desiderare la donna d'altri

è marzo, mi legano a un cancello per punire
il mio estro
superiore

lei ha i seni enormi
ama sopra ogni cosa le mani dell'artista

io le dico: sei la terra, sei la morte a Venezia

era una terra
pericolosa lei
era la morte, sì, ma in altri posti

*

Avete mai creduto in me?
Che la materia potesse lievitare
diventare sostanza dolorante

e che volesse
non finire mai, ritornare

essere morbido frutto, bambino
lucertola azzurra?

Avete mai pensato che gli eventi
potessero arrivare a tanto,

che più di ogni cosa avrei voluto
che voi mi mangiaste?

Werk der Entführung

mit einem großen Lappen im Mund scheint man
kräftiger dreinzublicken
ist das wahr?
ist es gesund, dass man jene grüne Ader zu sehen kriegt?

*

Begehre nicht des anderen Frau

es ist März, sie fesseln mich an ein Tor, um mich zu bestrafen
meinen überlegenen
Geist

sie hat große Brüste
liebt vor allem die Hände des Künstlers

ich sage zu ihr: Du bist das Land, bist der Tod in Venedig

da war ein Land
gefährlich für sie
war der Tod, ja, aber an anderen Orten

*

Haben sie jemals an mich geglaubt?
Dass Materie aufsteigen kann
zu schmerzhafter Substanz wird

und dass sie
niemals enden würde, um zurückzukehren

weiche Frucht zu sein, Kind
blaue Eidechse?

Hätten sie je gedacht, dass Ereignisse
sich so weit aufschaukeln können,

dass ich mehr als alles andere gewollt hätte
du würdest mich fressen?

Bene guardatevi da quello che vedete,
dalle cose che toccate o che credete
aver fatto.

Questo è il mio corpo.

Gli dèi sono nel letto del fiume
e provano terrore tra i salmoni morti
pasto dei pasti

melma fiume, verde è la memoria
decompone i volti

ripetete l'azione, mangiate

ripetete l'azione

fate questo

*

Il mostro soffriva come un Dio sulla terra

allontana poeta
da me questo calice tremendo…

Lo misero in una bacinella larga
prima di spարargli.

Poi il boato, lo schifo del sangue tra i capelli.

Bisogna preferire
l'orrore dello stare al mondo a quello di uscirne?

*

(Novella del poco dormire)

Aveva un pene talmente grande
che ad ogni sogno

(pure solo
vagamente erotico) cadeva dal letto.

*

Nimm dich in Acht vor dem, was du siehst,
vor den Dingen, die du anfasst oder von denen du glaubst
du habest sie getan.

Dies ist mein Körper.

Die Götter sind im Flussbett
und fühlen den Schrecken unter den toten Lachsen
Speise der Speisen

Flussschlamm, grün ist die Erinnerung
zersetzt die Gesichter

wiederholt die Handlung, esst

wiederholt die Handlung

tut dies

*

Das Ungeheuer litt wie ein Gott auf Erden

Hebe hinweg Dichter
von mir diesen furchtbaren Kelch …

Sie legten ihn in ein großes Becken
bevor sie ihn erschossen.

Dann das Gebrüll, der Ekel, Blut in seinem Haar.

Muss man den Schrecken, in der Welt zu sein,
dem Schrecken vorziehen, sie zu verlassen?

*

(Novelle vom kleinen Schlaf)

Er hatte einen derart großen Penis
dass er bei jedem Traum

(war der auch nur
vage erotisch) aus dem Bett fiel.

*

Ero con lei
nel tendone segreto dove nascono i morti...

Ero il volto invisibile prima di entrare in scena
un insetto codato

“Passare da nulla a nulla ragazzo...

Sei pronto? Non vedi l’ora?”

*

Stavano al mondo alle prime comunioni
era buono da mangiare
il Dio

noi legammo un petardo al petto del colombo
e fu straordinario

vedere i suoi resti
nel giardino, dopo il bagliore grande

*

il degustatore di latte avverte la scarola
sulla lingua
vorrebbe una natura elementare, onesta
di sera piange
si trasforma in un capezzolo enorme
elastico, senza scampo

*

Un chihuahua aggrappato a un grosso gatto.
Desiderio sessuale.

Che storia è mai questa?

*

Il mio stomaco è la caverna dove i primi uomini
scorticano le pareti.

Con un unico colpo alla testa la donna venne uccisa

Ich war bei ihnen
in dem geheimen Zelt, wo die Toten geboren werden …

Ich war das unsichtbare Gesicht, bevor ich die Bühne betrat
ein geschwänztes Insekt

»Von nichts zu nichts gehen, Junge …

Bist du bereit? Kannst du es kaum erwarten?«

*

Sie waren bei der Erstkommunion auf der Welt
er mundete gut
der Gott

wir banden der Taube einen Feuerwerkskörper vor die Brust
und es war außergewöhnlich

im Garten ihre Überreste zu sehen
nach dem großen Blitz

*

der Milchverkoster spürt die Eskariolblätter
auf der Zunge
möchte eine elementare, ehrliche Natur
nachts weint sie
verwandelt sich in eine enorme elastische Brustwarze
rettungslos

*

Ein Chihuahua, der sich an eine große Katze klammert.
Sexuelles Begehren.

Was ist das für eine Geschichte?

*

Mein Bauch ist die Höhle, in der die ersten Menschen
die Wände einschlugen.

Mit einem einzigen Schlag auf den Kopf wurde die Frau umgebracht

di netto
con un femore umano.

Prima della prole, prima dei frutti furono i serpenti
dice la leggenda:

mancanza di Dio. Tempo cattivo.

*

per Franca

Vorrei dirti di non aver paura
che quel buio che vedi è ospitale.

Fuori bruciano piante,
la stanza dove sono le frasi non è

stata mai.

Quali sono le cose
che in noi accaddero realmente?

Ci parlarono di fatti stranamente crudeli
della natura che porta all'orrore

facevamo discussioni enormi su questo
prima che nascessi

Era una finestra su una sterminata campagna

mi dicevi noi siamo
mosche nere in uno straccio bagnato

poi il fiocco rosa gonfio, l'uscio di casa
(se l'universo è un seme)

potremo rivederci noi
una di queste, e forse gioiremo per averla

scampata

(amica mia) al mondo distrattamente si muore
ma anche
più distrattamente si nasce

sauber
mit einem menschlichen Oberschenkelknochen.

Vor der Nachkommenschaft, vor der Frucht waren die Schlangen da
sagt die Legende:

Gottlosigkeit. Schlechtes Wetter.

*

für Franca

Ich möchte euch sagen, dass ihr keine Angst haben müsst
dass die Dunkelheit, die ihr seht, gastfreundlich ist.

Draußen brennen die Pflanzen,
der Raum, in dem die Sätze

jemals gewesen sind.

Welche Dinge sind uns
wirklich widerfahren?

Sie erzählten uns von seltsam grausamen Dingen
der Natur, die uns entsetzten

wir hatten große Diskussionen darüber
vor meiner Geburt

Es war ein Fenster zu einer unermesslichen Landschaft

Sie sagten mir, wir sind
schwarze Fliegen in einem nassen Lappen

dann die geschwollene rosa Schleife, die Türöffnung
(wenn das Universum ein Samen ist)

vielleicht sehen wir uns wieder
und vielleicht werden wir uns freuen,

entkommen zu sein

(mein Freund) geistesabwesend stirbt man in der Welt
geistesabwesend
wird man aber auch geboren

Übersetzt von Ernest Wichner

Marko Martin

Neapel

Gustaw Herling, Benedetto Croce, Nicolaus Sombart und all die anderen. Eine Verknüpfung

Im Februar 1990 hat der 1919 im südostpolnischen Kielce geborene Schriftsteller Gustaw Herling gerade einen Herzinfarkt überstanden; sein Arzt empfiehlt ihm Morgenspaziergänge. »Ideal schien mir (und auch dem Arzt)«, notiert er in seinem »Tagebuch bei Nacht geschrieben«, »ein Abstieg durch den Stadtpark ans Meer und dann ein langer Marsch entlang der Seepromenade bis zum kleinen Fischerhafen Mergellina, von dort die Rückkehr mit dem Bus nach Hause (den Berg hinauf). So konnte ich mich noch einmal, diesmal aber viel nachhaltiger, von der Richtigkeit der Worte Camus' überzeugen, dass eine Landschaft heilende Eigenschaften habe.«

Gustaw Herling, der nach diesem Tagebucheintrag noch weitere produktive zehn Jahre und drei Monate leben wird, beschreibt die »wandelnden Farbschattierungen des Meeres, die kein Maler zu erfassen vermag, den Wald der Schiffsmasten im Hafen, die Fischer neben ihren Booten, die Netze, die auf den Felsen zum Trocknen ausgelegt sind, den Felsvorsprung, der voll von Möwen ist wie ein Fliegenfänger [...] ein Winkel, der wunderbarerweise von dem allgemeinen und unaufhaltsamen Verfall der Stadt verschont geblieben, der heiter ist, lächelt und zum Leben einlädt. Eben.« Seit 1989, dem demokratischen Umbruch in Polen, bezeichnet sich Herling nicht mehr als »Exilautor«, sondern als polnischer (oder polnisch-italienischer) Schriftsteller, der in Neapel lebt. Und die Eisstürme und Schneewehen im Lager Jerzewo bei Archangelsk am Polarkreis, die Erfrorenen und Verhungerten, die von den sowjetischen Lagermannschaften Erschlagenen, zu Tode Getrampelten, Erschossenen? Und er, der junge Pole, im September 1939 vor der vorrückenden Wehrmacht in die UdSSR geflohen und dort nur wenige Monate später in das Räderwerk der stalinistischen, doch im Grunde bereits unter Lenin ins Werk gesetzten institutionalisierten Repression und Menschenvernichtung geraten?

In ruhiger, präziser Diktion hatte Gustaw Herling bereits 1951 in seinem Buch »Inny Świat / Eine andere Welt« (auf deutsch: »Welt ohne Erbarmen«) über die anderthalb Jahre innerhalb jenes Schreckenssystems berichtet – zwei Jahrzehnte vor Alexander Solschenizyn und in seiner Selbstbefragung und skrupulösen Nachzeichnung der auch seelischen Verheerungen sogar noch radikaler als der Autor des »Archipel Gulag«. Wenn es jedoch »heilende Landschaften« gibt – im Falle Herlings jene Italiens, die er samt ihren Bewohnern

< *Max Mahlow: La notte delle stelle*

in konzisen Erzählungen und Novellen auf derart kenntnisreiche und subtile Weise porträtiert, als wäre er tatsächlich hier geboren und aufgewachsen – so gibt es gewiss auch Menschen, die zu heilen vermögen. Wie Albert Camus, der im ideologisch aufgeheizten Nachkriegs-Paris auf der Universalität der Menschenrechte beharrte, sich standhaft weigerte, das Kreml-Regime als »progressiv« umzulügen und, dies im Unterschied zu vielen seiner Kollegen, osteuropäischen Emigranten und Zeitzeugen wie Czesław Miłosz oder Gustaw Herling solidarisch beistand. »Ihr Buch«, schrieb damals Camus an Herling, »verdient es, in allen Ländern veröffentlicht zu werden – um seiner selbst willen und all dessen, was es enthüllt.«

Wäre Gustaw Herling von Mergellina noch zwei Kilometer weitergelaufen nach Posillipo – und wer weiß, vielleicht hatte er das ja in den vergangenen Jahren und Jahrzehnten auch manches Mal getan –, hätte er zwischen den alten und neuen Villen am Hügel vielleicht auch jenes Gartenhaus imaginieren können, in dem in Sándor Márais in den fünfziger Jahren entstandenem Roman »Das Wunder des San Gennaro« ein heimatlos gewordener osteuropäischer Flüchtling haust, der von seiner neuen Umgebung mit irritierter Faszination observiert wird. Márai und seine Frau hatten sich 1948, kurz nachdem sie das stalinisierte Nachkriegs-Ungarn hatten verlassen müssen, für eine Weile in Posillipo angesiedelt, ehe sie schließlich weiterzogen nach Kalifornien. (Ob Sándor Márai, gleichsam letzter Chronist der untergegangenen K.u.k.-Welt, dort eventuell auf Czesław Miłosz getroffen war, der in Berkeley lehrte? Was wohl hätten sich die beiden alles zu sagen gehabt?)

»Leider sind sich Márai und Gustaw Herling nie begegnet. Mein Vater kam ja erst 1956 nach Neapel. Das heißt, er kehrte nach Italien zurück. Nachdem er bereits im März 1944 in Sorrento im Haus meines Großvaters Benedetto Croce meine zukünftige Mutter kennengelernt und danach in der polnischen Anders-Armee auf Seiten der Alliierten bei Monte Cassino gekämpft und überlebt hatte.«

Marta Herling, Jahrgang 1958, gewellter grauer Ponyschnitt, wache Augen und offenes Gesicht, zieht mit Bedacht an ihrem Zigarillo und setzt auch die Worte mit Gelassenheit – in einem italienisch akzentuierten Französisch, das ein wenig an Dalida erinnert (minus Pathos). Die Wände der elterlichen Wohnung im Haus-mit-Park an der Via Crispi sind voller Bücherregale, darin aber nicht nur Herlings Werke auf polnisch und in Übersetzungen – und davor unzählige gerahmte kleine Familienfotos –, sondern auch eine Art Querschnitt seiner umfangreichen Bibliothek. Den zwei Besuchern aus Berlin werden ebenfalls Zigarillos angeboten und dazu auf einem kleinen ovalen Silbertablett dunkle Tartuffi-Schokoladen-Kegelchen. Die Türflügel zum Balkon sind weit offen, mittägliches Januarlicht dringt in den Raum, bildet Bahnen auf den blauweiß gemusterten Bodenkacheln, sprenkelt zwischen den lederbesetzten Armlehnen-Stühlen und der Chaiselongue. Und der Faden der Erinnerung jetzt eher im Plural vorstellbar, doch weder als mythisch unentwirrbares Knäuel noch derart rigid straff gespannt, dass er die auswärtigen Nachfrager, beide 1970 geboren und im mehrfachen Sinn aus einer anderen Welt, zum Stolpern bringen würde. Marta Herling ist die Freundlichkeit in Person, nichts stammhalterisch Harsches geht von ihr aus.

Zurück zur Chronologie. Sein zweites Überleben (nach der Flucht vor den deutschen Okkupanten) verdankte Gustaw Herling jenem Abkommen zwischen Stalin und der in London ansässigen polnischen Exilregierung, das 1941 zur Freilassung von Gulag-Häftlingen und zur Gründung der sogenannten General-Anders-Armee führte, polnischen Einheiten, die danach unter britischem Oberkommando im Nahen Osten und in Italien kämpften. Und nach tausenden Kilometern und unzähligen Gefechten dann jene Begegnung zwischen einem vorerst noch völlig unbekannten 24-jährigen Polen und dem bejahrten italienischen Jahrhundert-Philosophen Benedetto Croce, 1944 in dessen temporärer Unterkunft im damals bereits befreiten Sorrento.

»Über die jahrelange Isolation meines Vaters im Faschismus und das Sich-Abwenden so vieler seiner vorherigen Freunde hat meine Tante Elena zwei berührende Erinnerungstexte geschrieben, die unter dem Titel »Meine zwei Städte. Erinnerungen an Benedetto Croce« auch auf Deutsch erschienen sind, mit einem amüsanten Nachwort eines gewissen Nicolaus Sombart, der wiederum meinen Vater 1947 besucht hatte – nun allerdings bereits wieder in unserem langjährigen ›Familiensitz‹ in der zweiten Etage des Palazzo Filomarino, in der Ende des 17. Jahrhunderts der Philosoph Giambattista Vico seine Jugend verbracht hatte. Tante Elena beschreibt auch, wie nach der Ermordung des Sozialisten Giacomo Matteotti und Benedettos Croces darauf folgendem Manifest der antifaschistischen Intellektuellen Mussolinis Schergen den Palast und die Familie lückenlos überwachten, eine Verhaftung aber dennoch nicht wagten. Bislang nicht ins Deutsche übersetzt ist hingegen die Erzählung meines Vaters über seine Sorrenter Begegnung mit Croce und dessen drei Töchtern, darunter meiner Mutter Lidia. Sie trägt den knappen Titel Villa Tritone.«

Ein aufscheinendes Jahrhundertgeflecht, doch Marta Herling spricht weiterhin völlig gelassen und ruhig. Der Text ist nicht kursorisch nacherzählbar, und obwohl die Begegnung zwischen dem jungen Gulag-Überlebenden und dem damals bereits 78-jährigen Doyen des europäischen Liberalismus durchaus als eine »Sternstunde der Menschheit« zu deuten wäre, hatte sie Gustaw Herling gewiss nicht im lyrischen Stefan-Zweig-Ton beschrieben. (Zweig, der Croce 1928 in Neapel besuchte, hatte in der Tat kein Hehl aus seiner Begeisterung, ja Ehrfurcht gemacht angesichts eines Lebenswerks und einer Persönlichkeit, die weiterhin unbeirrt an einem sozial-liberalen Humanismus festhielt – trotz der Tatsache, dass mit Giovanni Gentile ein prominenter Philosoph und ehemaliger Freund die Seiten gewechselt und zu Mussolini geschwenkt war und sich auch zahlreiche von Croces ehemaligen Studenten grölend das Schwarzhemd übergezogen hatten.)

Fotografien aus Herlings Armeezeit zeigen einen jungen Mann mit trotzig aufgeworfenen Lippen, und es wäre vorstellbar, dass er mit seinem Bericht über die eigenen schrecklichen Hardcore-Erfahrungen in Stalins Lagern und im Kampf gegen die Achsenmächte den edlen Greis, den in ganz Europa geschätzten Goethe-Kenner und Thomas-Mann-Bewunderer, ein wenig in die Bredouille gebracht haben könnte. Also junge Taten versus vermeintlich alte Reflexionen?

»Mein Vater war nicht von diesem auftrumpfenden Typus«, sagt Marta Herling lächelnd. »Im Gegenteil. Bis zu seinem Lebensende erinnerte er sich daran, welch immense Kraft ihm damals das Gespräch mit Croce gegeben hatte. Rechtsstaatlichkeit, soziale Fairness, Achtung des Individuums, Ablehnung jeglicher vom Einzelnen abstrahierender herrischer Zukunftsentwürfe. Jeder hatte ja auf seine Weise, über Generations- und geographische Grenzen hinweg, genau dafür eingestanden und einen Preis bezahlt für solchen Mut.« (War nicht sogar in Antonio Gramscis Gefängnistagebüchern, bei aller umfangreicher Kritik des zum Kommunismus bekehrten Theoretikers und Politikers an einem angeblich überholten Liberalismus, der Respekt und die Achtung vor Benedetto Croce noch immer bemerkenswert manifest?)

»Nicht zu vergessen die Begegnung mit Lidia, einer von Croces Töchtern. Und das vor der Schlacht von Monte Cassino! Wenig sprach dafür, dass Gustaw Herling überleben und irgendwann mein Vater werden würde. Und doch geschah es so. Wenn auch erst später. Nach einer weiteren Odyssee, die ihn nach Rom führte, wo er die legendäre exilpolnische Zeitschrift ›Kultura‹ mitbegründete, nach London und in eine erste, unglücklich verlaufene Ehe, danach nach München zu Radio Free Europe. Und kam schließlich hierher zurück in den Süden …«

Der Blick vom Balkon geht hinüber auf den Vesuv, das Meer funkelt in jenen Farbnuancen, die Gustaw Herling in seinen Tagebüchern immer wieder beschrieben hat – neben all den Reflexionen über die toxischen Nachwirkungen des Sowjettotalitarismus, die so viele im Westen noch nicht einmal ansatzweise begriffen haben. (Und gleichzeitig die souveräne Zurückweisung jener »Portion Schwärze, die jemand wie Cioran stets zur Hand hat« und ein Rekurs auf Croces schönes Wort von der »Nutzlosigkeit des Pessimismus«.) Da hinten im Sonnenglast könnten die Konturen Capris zittern, einst ebenfalls ein Osten im Süden. Wie 1910 der exilierte Wladimir Uljanow alias Lenin hierhergekommen war, um quasi unter Palmen an einer »Schule der Bolschewisten« teilzunehmen. Doch nicht Freunde waren da beim Debattieren, sondern – bereits so früh! – große Linien galt es zu ziehen, unbezweifelbare Lehren zu formulieren. Und, natürlich, Abweichler zu Verrätern zu erklären und sie der Schule zu verweisen. (Glückliches Capri, in dem andere Sanktionen oder gar Exekutionen nicht möglich waren.) Und doch: »Von erstaunlich mildem Verhalten zu den Menschen« beschreibt der langjährige Capri-Resident Maxim Gorki den zukünftigen Anführer einer Revolution, zu der er dann selbst anfangs Distanz hält. Ehe er schließlich dennoch in die UdSSR zurückkehrt, zum Vater des »Sozialistischen Realismus« wird und 1929 im Auftrag des Kreml das berüchtigte Straflager auf den Solowezki-Inseln am Polarkreis besucht – und schönschreibt. (Ein vierzehnjähriger Junge, der es wider alle Befehle gewagt hatte, dem berühmten Schriftsteller von den unsäglichen Folterungen im Lager flüsternd Bericht zu geben, wurde sogleich nach Gorkis Abreise erschossen.)

»Meinen Vater«, sagt Marta Herling, »hat auch diese Geschichte nicht losgelassen. Es gibt da eine Erzählung von ihm, sie trägt den Titel ›Die sieben Tode des Maxim Gorki‹, ist bislang aber ebenfalls noch nicht auf Deutsch übersetzt.«

Für den nächsten Tag lädt sie uns in die Altstadt ein, in den Palazzo Filomarino, in dem ihr Vater 1946, sechs Jahre vor seinem Tod, das Istituto Italiano per gli Studi Storico gegründet hatte. Das umfangreiche Gedächtnis-Archiv des freien Geistes existiert noch immer, und Marta Herling – die in jungen Jahren mit der gleichen Begeisterung Polnisch gelernt hatte so wie ihr Vater einst Italienisch – leitet es als Forschungsdirektorin. Noch weitere Verknüpfungen, Netze und Querverweise sind dort zu entdecken – doch wäre das dann bereits eine zusätzliche Geschichte.

Giovanni Della Casa

Rime

VIII

Cura, che di timor ti nutri e cresci
e, più temendo, maggior forza acquisti,
e, mentre con la fiamma il gelo mesci,
tutto 'l regno d'Amor turbi e contristi,

poi chè 'n brev'ora entr'al mio dolce hai misti
tutti gli amari tuoi, dal mio cor esci,
torna a Cocito, ai lagrimosi e tristi
campi d'Inferno; ivi a te stessa incresci,

ivi senza riposo i giorni mena,
senza sonno le notti, ivi ti duoli
non men di dubbia che di certa pena.

Vattene: a che più fera che non suoli,
se 'l tuo venen m'è corso in ogni vena,
con nove larve a me ritorni e voli?

*

XXX

Le chiome d'or, ch'Amor solea mostrarmi,
per meraviglia, fiammeggiar sovente
d'intorno al foco mio puro, cocente
(e ben avrà vigor cenere farmi),

son tronche, ahi lasso: o fera mano e armi
crude e o levi mie catene e lente!
Deh come il signor mio soffre e consente
del suo lacciuol più forte altri il disarmi?

Qual chiuso in orto suol purpureo fiore,
cui l'aura dolce e 'l sol tepido, e 'l rio
corrente nutre, aprir tra l'erba fresca,

tale e più vago ancora il crin vid'io,
che solo esser devea laccio al mio core:
non già ch'io, rotto lui, del carcer esca.

Sonette

Du nährst dich, Eifersucht, aus Furcht und Bangen,
je mehr du fürchtest, umso stärker wirkst du,
und, Eis und Feuer mischend, glühst und frierst du,
und störst dabei, machst trist das Reich der Liebe;

denn mir ins Herz hast alle deine Sorgen,
hast du die Bitterkeit gelegt – o geh nur
zurück zum Höllenfluss, den gramen Feldern,
wo du dich selber quälst und nichts als leidest;

verbringe ruhelos dort deine Tage
und ohne Schlaf die Nächte, denn du wirst dort
an Zweifeln viel, an Schmerzen mehr noch leiden.

So gehe denn! Was kommst du nur, nachdem du
dein Gift in mich geträufelt hast, so grausam
zu mir zurück mit neuen Truggesichten?

*

Die goldnen Haare, die mir Amor zeigte,
die wie ein Wunder oft vor meinem Feuer,
dem reinen, sengend heiß entflammten (hatten
sie nicht die Kraft, mich gänzlich einzuäschern?)

sind – weh mir! – abgehackt. Durch welche Waffe,
welch schnöde Hand? O Fesseln meiner Liebe!
Wie duldete mein Gott es, dass ein anderer
mich meines allerstärksten Bands beraubte?

Als wären Purpurblumen sie im Garten,
die süß der Wind im Sonnenlicht umschmeichelt,
der Bach ernährt inmitten frischen Grases,

so, und noch schöner, sah ich ihre Locken,
einzige Fessel, Band, ach, meiner Seele:
Ist's auch zerschnitten, bleib ich doch im Kerker.

XXXVIII

Vago augelletto da le verdi piume,
che peregrino il parlar nostro apprendi,
le note attentamente ascolta e ’ntendi,
che madonna dettarti ha per costume

e parte dal soave e caldo lume
de’ suoi begli occhi l’ali tue difendi,
ché ’l foco lor, se, com’io fei, t’accendi,
non ombra o pioggia e non fontana o fiume

né verno allentar pò d’alpestri monti
ed ella, ghiaccio avendo i pensier suoi,
pur de l’incendio altrui par che si goda;

ma tu da lei leggiadri accenti e pronti,
discepol novo, impara e dirai poi:
«Quirina, in gentil cor pietate è loda».

*

XLII

Già non potrete voi per fuggir lunge
né per celarvi in monte aspro e selvaggio
tôrmi de’ be’ vostri occhi il dolce raggio,
ché da me lontananza nol disgiunge;

nel mio cor, donna, luce altra non giunge
che ’l vostro sguardo, e sole altro non aggio;
e s’egli è pur lontan, lungo viaggio
è breve corso ove Amor sferza e punge.

Portato da destrier che fren non ave,
pur ciascun giorno ancor, sì com’io soglio,
se veder mi sapeste, a voi ne vegno,

e con la vista lacrimosa e grave
fo mesti i boschi e pii del mio cordoglio:
solo in voi di pietà non scorgo il segno.

Du grüngefiedertes, herzliebes Vögelchen,
das du als Fremdling lernst, wie wir zu sprechen,
hör sie genau, verstehe sie, die Noten,
welche Madonna dir so gerne vorspricht;

indes hab Acht vor ihrer schönen Augen
so süßem, warmem Licht, hüt' deine Flügel,
dass, so wie's mit mir geschah, sie nicht entbrennen,
denn weder Schatten, Regen, Brunnen, Bäche

noch Alpenwinter kann den Brand je lindern,
und sie, mit ihren eisigen Gedanken,
wird schadenfroh des Feuers sich erfreuen;

doch, neuer Schüler ihrer süßen Laute,
erlern ihr dies zu sagen: »O Quirina,
in edlem Herzen lobenswert ist Mitleid!«

*

O nein, indem Ihr flieht, in wildem, rauem
Gebirge euch versteckt, nein, Eurer Augen
mir lieben Strahl könnt Ihr nicht von mir wenden,
denn keine Ferne kann von ihm mich trennen.

Und mir ins Herz fällt, Frau, nie etwas anderes
als Euer Blick, ich kenn nur diese Sonne;
auch wenn sie fern ist, scheint mir auch die längste
der Reisen kurz, da mich doch Amor antreibt.

Auf hohem Ross und ohne Zügel folg ich
– so bin ich es gewohnt – Euch alle Tage,
doch Euch ist's nicht gegeben, mich zu sehen;

mein Anblick, gram und schwer und voller Tränen,
macht durch mein Leid die Wälder trüb und traurig:
In Euch nur find von Mitleid ich kein Zeichen.

LIV

O Sonno, o de la queta, umida, ombrosa
Notte placido figlio, o de' mortali
egri conforto, oblio dolce de' mali
sì gravi ond'è la vita aspra e noiosa,

soccorri al core omai che langue e posa
non ave, e queste membra stanche e frali
solleva: a me ten vola, o Sonno, e l'ali
tue brune sovra me distendi e posa.

Ov'è 'l silenzio che 'l dì fugge e 'l lume?
E i lievi sogni, che con non secure
vestigia di seguirti han per costume?

Lasso, che 'n van te chiamo e queste oscure
e gelide ombre in van lusingo: o piume
d'asprezza colme!, o notti acerbe e dure!

*

LXII

Già lessi ed or conosco in me sì come
Glauco nel mar si pose uom puro e chiaro,
e come sue sembianze si mischiaro
di spume e conche e fêrsi alga sue chiome,

però che 'n questo Egeo che vita ha nome
puro anch'io scesi e 'n queste de l'amaro
mondo tempeste, ed elle mi gravaro
i sensi e l'alma, ahi, di che indegne some!

Lasso! e soviemmi d'Esaco, che l'ali
d'amoroso pallor segnate ancora
digiuno per lo cielo apre e distende,

e poi, satollo, indarno a volar prende:
sì 'l core anch'io, che per sé leve fora,
gravato ho di terrene esche mortali!

O Schlaf, der Nacht, der schattenhaften, stillen,
friedvoller Sohn; o du der Gramen Tröstung,
Vergessenheit der Übel, die in Vielzahl
die Sterblichen im rauen Leben plagen,

komm mir zu Hilfe, der ich weder Ruhe
noch Labung finde, lös' die müden Glieder,
gib ihnen wieder Kraft, o komm und lege
mit dunklen Flügeln sachte auf mich nieder.

Wo ist das Schweigen, das die Tageshelle
vermeidet, wo die Träume, die dir unstet
und leicht als sanfte Nachtgefährten folgen?

Ich, Armer, ruf nach deinem Schatten, schmeichle
vergebens ihm … O schmerzerfüllte Federn!
O Nächte, rau, voll Herbheit und voll Härte!

*

Ich las davon, und weiß es nun von mir auch,
wie Glaucus rein und hell ins Meer hinabstieg,
wie seinen Körper Schaum und Muscheln hüllten
und wie sein Haar ein Algenteppich wurde;

o ja: im Meer, das Leben hat als Namen,
in dieser gramen Welt voll Sturmestosen,
versank auch ich: Sie hat mir Sinn und Seele
mit würdelosen Lasten, ach, beladen!

Ich, Armer, denke nun an den Äsakos,
der seine von der Liebe bleichen Flügel,
nur wenn er nüchtern ist, dem Himmel öffnet,

der satt vergebens sich zu fliegen anschickt:
So drücken mir das Herz, das an sich leicht ist,
die Köder, tödlich, meines Erdenlebens!

LXIII

O dolce selva solitaria, amica
de' miei pensieri sbigottiti e stanchi,
mentre Borea ne' dì torbidi e manchi
d'orrido gel l'aere e la terra implica

e la tua verde chioma ombrosa, antica
come la mia, par d'ogn'intorno imbianchi,
or, che 'n vece di fior vermigli e bianchi
ha neve e ghiaccio ogni tua piaggia aprica,

a questa breve e nubilosa luce
vo ripensando che m'avanza, e ghiaccio
gli spirti anch'io sento e le membra farsi:

ma più di te dentro e d'intorno agghiaccio,
ché più crudo Euro a me mio verno adduce,
più lunga notte e dì più freddi e scarsi.

*

LXIV

Questa vita mortal, che ' n una o 'n due
brevi e notturne ore trapassa, oscura
e fredda, involto avea fin qui la pura
parte di me ne l'atre nubi sue.

Or a mirar le grazie tante tue
prendo, ché frutti e fior, gelo ed arsura
e sì dolce del ciel legge e misura,
eterno Dio, tuo magisterio fue;

anzi 'l dolce aer puro, e questa luce
chiara, che 'l mondo a gli occhi nostri scopre,
traesti tu d'abissi oscuri e misti

e tutto quel che 'n terra o 'n ciel riluce,
di tenebre era chiuso e tu l'apristi,
e 'l giorno e 'l sol de le tue man son opre.

O du mein einsam lieber Wald, Gefährte
meiner erschlafft-ermüdeten Gedanken,
dieweil der Nordwind peitscht und Luft und Erde
in Eisesstarre kurze Tage fristen,

und deine schattig grüne Mähne, alt schon
wie meine, scheint allmählich weiß zu werden
nun, wo anstelle heller, bunter Blüten
die grünen Wiesen Schnee und Eis bedecken;

des kurzen, blassen Lichts, das mir geblieben,
gedenk ich unentwegt, und meine Geister
wie meine Glieder spür zu Eis ich werden;

doch mehr als du erstarre ich – und härter
umweht der Ostwind meinen Winter; länger
wird mir die Nacht, die Tage kälter, kürzer.

*

Dies Leben, sterblich, das in einer oder
zwei Stunden nachts vorbeizieht, kalt und finster,
hat bisher einen Teil von mir, den reinen,
mit Dunkelheit und Nebeldunst umgeben.

Nun fang ich an, dein Wunderwerk zu schauen,
die Früchte und die Blüten, Eis und Hitze,
das süße Maß und das Gesetz des Himmels,
das, Gott, wir deiner Meisterschaft verdanken.

O ja, den tiefsten Schlünden hast entrissen
du diese süßen Lüfte und den Lichtschein,
der hell die Welt vor unsren Augen öffnet,

und alles, was auf Erden und im Himmel
erstrahlt, du hast's dem Dunkel abgewonnen;
und deiner Hände Werk sind Tag und Sonne.

Übersetzt von Christoph Ferber

Georges Güntert

Der unorthodoxe Petrarkist

Giovanni Della Casa als weltlich gesinnter Monsignore und als Dichter

Giovanni Della Casa war ein Mann von Welt und ein gelehrter Humanist, der Platon im Original las und sich in der lateinischen Sprache nicht weniger präzis auszudrücken wusste als in seiner toskanischen Muttersprache. Beim Nennen seines Namens denken viele zunächst an sein Traktat über gute Manieren, »Il Galateo«, das 1553, mehr als zwei Jahrhunderte vor dem deutschen Knigge, entstand und sich die Umgangsformen der städtischen Gesellschaft zum Vorbild nahm. Der damals fünfzigjährige Monsignore verfasste diese Abhandlung auf Bitten des Bischofs von Sessa, Galeazzo Florimonte (lat. Galateus, daher der Titel), und widmete sie vermutlich seinem Neffen, dem er aufgrund seiner reichen Lebenserfahrung zu zeigen versuchte, was im Umgang mit zivilisierten Menschen als angenehm und wohlgefällig empfunden wurde. Seine Vorstellung einer gesitteten Welt illustrierte er mit Hilfe von Anekdoten und literarischen Zeugnissen vor allem aus Boccaccios »Decameron«; auf diese Weise gelang ihm ein ebenso unterhaltsames wie lehrreiches Buch, das im kulturellen Gedächtnis der Italiener noch heute einen festen Platz hat.

1503 in der Nähe von Florenz als Sohn eines Kaufmanns geboren, studiert Giovanni die Rechte und die Geisteswissenschaften zuerst in Bologna, dann in Padua, jedoch ohne die Studien abzuschließen. Er bewegt sich an diesen Orten mit Vorliebe in der literarischen Bohème, wo er Freundschaften fürs Leben schließt. Mit der Veröffentlichung des Pamphlets »An uxor sit ducenda« – frei übersetzt: »Ob man[n] heiraten soll« – beendet er seine wilden Jugendjahre. Nach 1537 finden wir ihn am päpstlichen Hof, wo der junge Kleriker mit dem Abfassen von Dokumenten betraut wird. 1544 ernennt ihn sein Gönner Paul III., ein Farnese, zum päpstlichen Nuntius in Venedig mit dem Auftrag, Roms frankreichfreundliche Politik auch dort durchzusetzen. Venedig bedeutet für Della Casa den gesellschaftlichen Höhepunkt seines Lebens: Hier verkehrt er in besten Kreisen, unterhält Beziehungen zum Künstler- und Literatenmilieu, lässt sich von Tizian porträtieren. Von hier aus verfolgt er die Vorgänge auf dem Konzil von Trient, derweil er selbst gegen den reformfreudigen Bischof von Capodistria, Pier Paolo Vergerio, eine Untersuchung wegen Verdachts auf Ketzerei führt. Vergerio entzieht sich seiner Verurteilung durch Flucht in die Schweiz, nicht ohne den Nuntius persönlich anzugreifen. In Venetien ist der Geist der Reformation vielerorts präsent, so dass der päpstliche Gesandte gefordert ist. Als Anerkennung für

< Max Mahlow: Ovidius Naso poeta nel anno 1493 – nach Michael Wolgemut

sein Wirken im Dienst der Kirche hofft Della Casa auf die Kardinalswürde, doch diese Ehrung bleibt ihm versagt. Ob ihm sein früherer Lebenswandel, worauf nicht nur Vergerio, sondern auch der spanische Botschafter am Vatikan in einem Brief an Karl V. anspielen, geschadet hat oder ob ihm der Nachfolger Pauls III. die Gunst entzog, bleibe dahingestellt. Tatsache ist, dass Della Casa in seinen letzten Lebensjahren vereinsamt. Die Dichtung gibt dem alternden, an Gicht erkrankten Monsignore Trost, und es entstehen Meisterwerke. Es ist ihm jedoch verwehrt, sein lyrisches Werk veröffentlicht zu sehen: Die »Rime« erscheinen zusammen mit »Il Galateo« erst 1558, zwei Jahre nach seinem Tod.

Venedig war die Heimat seines zweiten, nicht weniger einflussreichen Gönners Pietro Bembo, der ihn als Humanist und Sprachgelehrter, aber auch als Kardinal in mancher Hinsicht förderte. Bembos sprachtheoretische Dialoge gelten als Meilensteine der italienischen Sprachgeschichte, denn ihm kommt das Verdienst zu, seinen Landsleuten schon früh zu einer einheitlichen Schriftsprache verholfen zu haben. Er suchte diese nicht unter den Varianten des gesprochenen Italienisch, sondern in der Sprache der großen Toskaner des Trecento, deren Werke seit einem halben Jahrhundert gedruckt vorlagen. Sein auf Harmonie bedachtes Stilempfinden bewog ihn, einzig Petrarca für die Lyrik und Boccaccio für die Prosa den Vorzug zu geben (und nicht etwa Dante, dessen »Inferno« ihm schon aus sprachlichen Gründen als abnorm erscheinen musste). So wie die Autoren der Antike ihre stilistischen Vorbilder in Cicero und Horaz erkannten, so sollten die Gebildeten Italiens jene beiden Dichter als Autoritäten anerkennen und imitieren. Bembo selbst ging mit gutem Beispiel voran, indem er einen »Canzoniere« nach der Art Petrarcas publizierte. Um 1530 entstand so die literarische Mode des Petrarkismus, die auch außerhalb Italiens – in Spanien, Frankreich und England – lebhaften Anklang fand. Dutzende von Männern und erstmals auch Frauen wie Vittoria Colonna oder Gaspara Stampa (deren Werke 1554 mit einer Widmung an Della Casa erschienen) erklärten sich bereit, ihre persönlichen Liebeserfahrungen in Sonetten und Kanzonen zu bekennen und sie in einer Sprache von Gleichmaß und Wohlklang zu präsentieren. Da Petrarca im Cinquecento autobiographisch verstanden wurde, sprachen auch die Petrarkisten vor allem von sich selbst, von ihrem Liebesglück und ihrem Liebesleid. In ihren Werken verwandelte sich menschliches Schicksal in sprachliche Form, in Poesie, was sie ermächtigte, auf Solidarität und gesellschaftliche Akzeptanz zu hoffen.

In den Augen vieler gilt Della Casa als ein typischer Exponent des Petrarkismus, fehlt doch sein Name in keiner Anthologie dieser Stilrichtung. Seit dem 16. Jahrhundert finden sich jedoch immer wieder erfahrene Literaturkenner, die ihn als wahrhaft schöpferischen Geist betrachten. Schon Torquato Tasso weist darauf hin, dass Della Casa auch in seinen Sonetten den *stile maestoso,* den erhabenen Stil, gepflegt habe, was sich in eindrucksvollen Bildern und in der kunstreichen, in schwungvollen Satzgefügen verlaufenden Syntax zeige. Tatsächlich komponiert Della Casa Sonette, deren erste Satzperiode sich über drei Strophen erstreckt, und erstmals auch solche, die aus einem einzigen Satz bestehen. Hinzu kommen die zahlreichen Enjambements, die die metrischen Grenzen überspielen und ein rhythmisch und emotional bewegtes Sprechen erzeugen. So viel Redekunst musste einem formbewussten Dichter wie Foscolo imponieren, der das Experiment in seinen Meistersonetten selbst versuchte; und Leopardi vertrat die Meinung, Della Casa habe weder Petrarca noch Dante imitiert, sondern sich seine eigene Sprachwelt geschaffen. Nicht nur in syntaktischer, auch in metrischer Hinsicht erweist sich Della Casa als unorthodoxer Petrarkist, greift er doch auch zu ungewohnten Reimschemata, sofern es der Inhalt erfordert. Horaz und Catull sind ihm oft näher als Petrarca, und wo es um mythologische Vergleiche geht, hält er sich nicht nur an Ovid, sondern sucht nach Deutungen auch in der neoplatonischen Tradition. Ungewöhnlich ist ferner die Tatsache, dass sich sein »Canzoniere« um keine zentrale Frauenfigur dreht, denn die als Frauenlob gedachten Texte sind verschiedenen Damen gewidmet. Sie entstehen zudem im literarischen Wettstreit mit anderen Dichtern, so das meisterhafte Sonett XXXVI, »La bella greca«, in dem Della Casa, ausgehend vom Urteil des Paris, gegenüber Bembo die Technik der wetteifernden Nachahmung erprobt. In seinen letzten Lebensjahren neigt Della Casa zu Meditation und Verinnerlichung. Dabei nimmt er Themen aus der Barocklyrik voraus, beispielsweise in »Dies Leben, sterblich« (LXIV) und »O Schlaf, der Nacht, der schattenhaften, stillen, / friedvoller Sohn« (LIV), deren gravitätischer Ton die stilistische Mittellage der Petrarkisten endgültig hinter sich lässt.

Schließen wir mit einem Kommentar zu den acht von Christoph Ferber übersetzten Gedichten. Dem Sonett VIII, »Cura, che di timor ti nutri« – es handelt sich um eines der frühesten dieser Sammlung –, wurde 1545 die Ehre einer öffentlichen Lesung an der Paduaner Accademia degli Infiammati zuteil. In diesem Text versucht das lyrische Ich, die Eifersucht zu verjagen; es verwünscht sie in Erinnerung an Dante ins unterste Inferno, zum vereisten Höllenfluss Kokytos, wo unerträgliche Bedingungen herrschen; doch während das Ich diese Verwünschung ausspricht, kehrt die angeblich Vertriebene schon mit neuen Truggebilden zurück – ein *circulus vitiosus.* Die erst fortlaufende, dann rückläufige Bewegung spiegelt sich im seltenen Reimschema der Quartette ABAB–BABA, und auch jenes der Terzette CDC–DCD lässt sich sowohl als fortlaufender Kreuzreim als auch als Umkehrung des Reimmusters lesen. Die Sonette XXX, »Le chiome d'or«, und XXXVIII, »Vago augelletto«, nehmen beliebte Motive Petrarcas wieder auf, wandeln diese aber – gerade im Vergleich mit Bembos Imitationen – in origineller Weise ab. So ist hier vom abgeschnittenen Haar der Geliebten die Rede, während ihre goldenen Locken nur in der Erinnerung leben. Und das »grüngefiederte Vögelein« – ein Papagei? – wird, wie das Gedicht selbst, zum Botschafter, da es anstelle des abgewiesenen Verehrers mit der Dame – gemeint ist die von Tizian porträtierte Venezianerin Elisabetta Quirini – sprechen kann. Auch im Sonett XLII, »O nein, indem Ihr flieht«, rivalisiert Della Casa mit Bembo: Die geliebte Frau versucht umsonst, sich ihrem Verehrer durch Flucht ins Gebirge zu entziehen; er folgt ihr dennoch unentwegt durch dunkle Wälder, wo er Gefahr läuft, der Melancholie zu verfallen.

Die Gedichte aus Della Casas letzten Lebensjahren sind Höhepunkte seines dichterischen Schaffens. Im Sonett LXIII »O du mein einsam lieber Wald«, welches an den Aufenthalt des Dichters in der Abtei von Nervesa bei Treviso erinnert, verweben sich die winterliche Landschaft und das Selbstporträt des alternden Dichters zu einem düsteren, von Mutlosigkeit gezeichneten Stimmungsbild, »dieweil der Nordwind peitscht und Luft und Erde / in Eisesstarre kurze Tage fristen«. Das folgende Sonett LXIV, »Dies Leben, sterblich«, bringt – vorübergehend – die Wende: Die frühere Starre löst sich, das Dunkel weicht dem Licht. Die innere Erneuerung vollzieht sich in einem Akt des Staunens über die Schönheit der Schöpfung. Anklänge an die Sprache der Psalmen sind hier deutlich herauszuhören. Dennoch stehen wir in diesem Gedicht nicht vor der endgültigen Bekehrung, denn Rückschläge sind in Della Casas Dichtung jederzeit möglich. Das Sonett LIV an den ihm verwehrten Schlaf, der Erlösung von den Seelenqualen brächte, endet in einem verzweifelten Ruf nach Frieden. Während die mit sechs Enjambements ausgestatteten Quartette die lindernde Wirkung des Schlafes beschwören, bringen die quälenden Fragen und Interjektionen der Terzette neue Unruhe, die schließlich dominiert.

Die als Selbstinterpretation gedachte Poetisierung von zwei Mythen, jenem des Glaucus in den Quartetten und jenem des Äsacus in den Terzetten, zeichnet das Sonett LXII aus, das sich bei näherer Betrachtung als Schlüssel zu Della Casas Dichtung erweist. In den »Metamorphosen« des Ovid ist Glaucus ein durch Genuss eines Krautes in ein Wasserwesen verwandelter Fischer, der, zum Meeresgott erhoben, Unsterblichkeit erlangt. In diesem positiven Sinn wird die Figur des Glaucus auch bei Dante interpretiert. Ovid ist jedoch nicht die Quelle unseres Dichters, denn im Sonett LXII gleicht die Verwandlung von Glaucus' menschlicher Gestalt einer zunehmenden Verstrickung in die Materie und einer sowohl ontologischen als auch moralischen Degradierung, was Della Casa auf sein früheres Leben bezieht: »im Meer, das Leben hat als Namen, / in dieser gramen Welt […] / versank auch ich: Sie hat mir Sinn und Seele / mit würdelosen Lasten, ach, beladen!« Anklänge an eine degradierende Deutung des Mythos finden sich hingegen in Platons »Der Staat«, in einem Passus, der den Prozess der Entmenschlichung wie folgt beschreibt: »Denn seine früheren Gliedmaßen [des Glaucus] sind teils zerschlagen, teils zerschunden und von den Wellen völlig verunstaltet; außerdem haben sich andere Körper an ihn angesetzt, Muscheln, Tang und Steine, so dass er viel eher einem Tier gleicht als dem, was er von Natur war« (Pol. X, 611 b–e). Die Konzeption der Quartette in Della Casas Sonett beruht demnach auf einer Lektüre von Platons Politeia. Doch verfolgen wir auch die Vermittlung des zweiten mythologischen Vergleichs. Dem immer wieder ins Meer eintauchenden Vogel, von dem Ovid (Met. XI) behauptet, es sei jener Äsacus, der sich aus Liebesschmerz in die Fluten habe stürzen wollen, entspricht bei Della Casa der »palustre augel«, der Sumpfvogel, der nicht nur in diesem Text, sondern auch im Sonett LIII vorkommt. Während Della Casa dort seine Dichterfreunde Bembo und Varchi als singende Schwäne bezeichnet, sagt er von sich selbst: »Ma io palustre augel, che poco s'erga / su l'ale, sembro« (Aber ich gleiche dem Sumpfvogel, der sich auf seinen Flügeln nur wenig erhebt). Das ist eine weitere Anspielung auf Äsacus, wie man ihn auch aus Petrarcas »Trionfi« kennt, wo indes noch nicht von Leichtigkeit und irdischer Schwere gesprochen wird. Als literarische Quelle können vielmehr die »Enneaden« Plotins (V, 9, 1) gelten, die eine moralische Interpretation dieses Mythos enthalten. Plotin erwähnt insbesondere das Beispiel jener, die sich nie ganz von der Materie befreien können, und beschreibt in diesem Zusammenhang das Verhängnis des Äsacus und des an ihn erinnernden Vogels: Diesem gelingt der Flug zum Himmel nur im nüchternen Zustand; ist er jedoch mit irdischer Schwere beladen und satt, sind seine Befreiungsversuche zum Scheitern verurteilt. Derselbe Gedankengang in konzentrierter Form findet sich in den Terzetten des Sonetts LXII von Della Casa. Mit dem emblematischen Bild des Sumpf- oder Wasservogels, der »satt, vergebens sich zu fliegen anschickt«, hat Della Casa sein eigenes Wesen, Leben und Werk, treffend gezeichnet, denn nicht nur sein Leben, auch seine Dichtung erscheint uns bald als zögernder Versuch, sich von der Weltlichkeit und den gesellschaftlichen Konventionen zu lösen, bald als befreiender Höhenflug im unverkennbar eigenen Stil.

Guido Guinizelli

Canzone

Al cor gentil rempaira sempre amore
come l'ausello in selva a la verdura;
né fe' amor anti che gentil core,
né gentil core anti ch'amor, natura:
ch'adesso con' fu 'l sole,
sì tosto lo splendore fu lucente,
né fu davanti 'l sole;
e prende amore in gentilezza loco
così propïamente
come calore in clarità di foco.

Foco d'amore in gentil cor s'aprende
come vertute in petra prezïosa,
che da la stella valor no i discende
anti che 'l sol la faccia gentil cosa;
poi che n'ha tratto fòre
per sua forza lo sol ciò che li è vile,
stella li dà valore:
così lo cor ch'è fatto da natura
asletto, pur, gentile,
donna a guisa di stella lo 'nnamora.

Amor per tal ragion sta 'n cor gentile
per qual lo foco in cima del doplero:
splendeli al su' diletto, clar, sottile;
no li stari' altra guisa, tant'è fero.
Così prava natura
recontra amor come fa l'aigua il foco
caldo, per la freddura.
Amore in gentil cor prende rivera
per suo consimel loco
com' adamàs del ferro in la minera.

Lob der Liebe

In edle Herzen ziehet gern die Liebe,
Wie gern das Vöglein in des Waldes Grün;
Zugleich schuf uns Natur die süßen Triebe,
Zugleich ließ sie das edle Herz erblühn.
So trat hervor die hohe Sonne,
Nicht früher als des Glanzes milder Strahl
Erglühte jen' in Pracht und Wonne.
Die Liebe thront allein auf edelm Sitze,
Da weilt sie allzumal
Wie in des Feuers hellem Glanz die Hitze.

Der Liebe Feu'r zeigt sich in edeln Herzen
Wie hoher Werth im seltnen Edelstein;
Nicht eh'r entzünden sich der Sterne Kerzen,
Eh' sie geläutert hat der Sonne Schein;
Von *ihr* ward erst herausgezogen
Was in den Sternen unrein war zuvor;
Vom Stern kommt edler Licht geflogen.
So wird das Herz zum Edelmuth erweitert,
Natur zog es hervor,
Und Frauenlieb' hat's gleich dem Stern geläutert.

Die Liebe weilet so in edeln Herzen
Und leuchtet blendend dort und hell und rein
Wie eine Flamme an geweihten Kerzen,
Sie kennt nicht andre Art, will *so* nur sein.
Doch tritt stets mit Gewalt
Natur der Lieb' wie Naß dem Feu'r entgegen,
Und wie dem Heiß das Kalt.
Ein edles Herz wählt Lieb' zum Aufenthalt,
Auf gleiche Art bewegen
Sich Diamant und Eisen stets entgegen.

Fere lo sol lo fango tutto 'l giorno:
vile reman, né 'l sol perde calore;
dis'omo alter: «Gentil per sclatta torno»;
lui semblo al fango, al sol gentil valore:
ché non dé dar om fé
che gentilezza sia fòr di coraggio
in degnità d'ere'
sed a vertute non ha gentil core,
com'aigua porta raggio
e 'l ciel riten le stelle e lo splendore.

Splende 'n la 'ntelligenzïa del cielo
Deo crïator più che ['n] nostr'occhi 'l sole:
ella intende suo fattor oltra 'l cielo,
e 'l ciel volgiando, a Lui obedir tole;
e con' segue, al primero,
del giusto Deo beato compimento,
così dar dovria, al vero,
la bella donna, poi che ['n] gli occhi splende
del suo gentil, talento
che mai di lei obedir non si disprende.

Donna, Deo mi dirà: «Che presomisti?»,
sïando l'alma mia a lui davanti.
«Lo ciel passasti e 'nfin a Me venisti
e desti in vano amor Me per semblanti:
ch'a Me conven le laude
e a la reina del regname degno,
per cui cessa onne fraude».
Dir Li porò: «Tenne d'angel sembianza
che fosse del Tuo regno;
non me fu fallo, s'in lei posi amanza.»

Mag stets auf Koth die hohe Sonne scheinen,
Er bleibet Koth, doch *sie* verlieret nichts.
Will sich der Mensch durch Abkunft edel meinen,
Gleicht er dem Koth, die Sonne edeln Lichts
Dem Werth; es darf der Mensch nicht glauben,
Daß ohne Muth der Adel mag besteh'n.
Nicht wird's die Königswürd' erlauben,
Daß edeln Herzen solche Kraft sei ferne,
Wie Glanz im Quell zu sehn,
Und doch dem Himmel bleiben Strahl und Sterne.

In seiner Himmelsweisheit überglänzet
Gott, Schöpfer, seine Sonn' in unserm Blick;
Ihm leuchtet jen', wo nicht die Welt mehr grenzet,
Ihm kehrt die Welt im Kreislauf stets zurück.
Das höchste selige Vollenden
Schafft nur des hohen Gott's Gerechtigkeit;
So darf allein die Wahrheit spenden
Die holde Frau, in deren Augen glühet
Die edle Heiterkeit,
So ihrer Herrschaft nimmer sich entziehet.

Was hast, fragt Gott, du dir herausgenommen?
Wenn meine Seel' im Tod' einst vor ihm steht,
Durch Himmel drangst du, bist hiehergekommen;
Doch Lieb' ehrt'st du statt meiner Majestät,
Mir ganz allein darf Lob gebühren!
Zur Himmelskön'gin sprech' ich dann sogleich,
Die alle Tück' uns konnt' entführen:
Von einem Engel hat *sie* alle Züge
Aus deinem sel'gen Reich:
Ist's Sünde dann, wenn ich der Lieb' erliege?

Nachgedichtet von Friedrich Wilhelm Genthe

Andreas Holschuh

Camogli 1

Moos zwischen Kopfsteinpflaster
das unseren Schritt erwartet hat
die Fassaden der Häuser
sie haben uns wiedererkannt
Gassen hinauf und hinab
als wären wir nie gewesen
als hätten wir uns nie berührt
in den Hinterhöfen sammelt sich Zeit
hier hören wir es wieder
das Lachen der Frauen
das Fluchen der Männer
Musikanten Kindergeschrei
hier kamen wir also vor
sag was ich seh doch die Bilder
Welle an vergeudeten Jahren
die uns anspült Geröll Kiesel und Sand
Krabben und Möwen
jetzt geben Tanker einen zärtlichen Ton vor
das Licht kämmt uns die Zeit aus den Haaren
hier warst du hier ging ich
in einem anderen Leben
jeweils ein anderer Mensch

für Lore und Werner
30. 5. 96

< *Max Mahlow: Il Campo della Bragora*

Beppe Fenoglio

»Porcus, Porcus, Porcus!«

Die Türme der Stadt ragten mit phallischer Dreistigkeit hinauf in den weißen Himmel. Auf den Hügeln lag reichlich Schnee in blendender Makellosigkeit, glasig geworden vom Frost. Die Luft war so klar, daß man den Bauernjungen deutlich erkennen konnte, der da auf selbstgebastelten Skiern den Kamm des letzten Hügels hinabsauste. In der Stadt war der noch nicht geräumte Schnee grau und durchweicht und warf einen gespenstischen Schimmer auf die Häuserwände, ein wahres Kriegsbild. Deshalb erschien der Schnee auf den Anhöhen doppelt so rein und anziehend, und die Versuchung war groß, jetzt dort zu sein, aber Johnny mußte dagegen ankämpfen, er hatte nur Stadtkleidung an und an den Füßen leichte Schuhe. Er würde sich im Gemeindeklub verkriechen.

An einer Ecke der Hauptstraße stand Mimmo Bielli, ein weiteres Überbleibsel des Jahrgangs '22, für einen Abstecher in die Hügel auch er nur ungenügend ausgerüstet, und gab ihm einen Wink. – Komm mit zum Hügel von Castel Gallo. – Johnny zeigte auf seine leichten Schuhe. – Schlimmstenfalls fahren wir Schlitten oder bleiben auf der Straße und sehen beim Skifahren zu. Die Mädchen sind schon los: Ada, Fulvia, Paola, Angela und Gheri.

Die beiden verließen die Stadt hinaus aufs mächtig strahlende Land. Sie schritten kräftig aus, ohne sich vor den Eisplatten zu fürchten, im Gegenteil, sie genossen das Risiko und schlugen ihm ein Schnippchen. Jeder Atemzug war wie ein Schluck Wasser nach einer Minzpastille. Bielli sagte: – Alle haben Skier, Gheri ihren echten Kanadierschlitten. Aber sie kennt sich nicht aus und ist feige, die arme Gheri wird schon nach der ersten Abfahrt genug davon haben, und dann schnappen wir ihn uns. – Johnny lachte in sich hinein, weil er sich plötzlich an etwas erinnerte: sie gingen nämlich jetzt auf derselben Straße, auf der Maggiore Borgna seine jungen Faschisten im Sommer 1939 zur theoretischen Eroberung von Roddi geführt hatte, dem Dorf mit der Burg auf dem schneebedeckten Hügel gegenüber, der kristallin glänzte. – Erinnerst du dich, Mimmo, an den strategischen Marsch? – Ja, aber ich war nicht dabei, hatte Angina.

Es war der Höhepunkt eines denkwürdigen vormilitärischen Kurses gewesen. Nach der vorzeitig zelebrierten Messe ging es am Südtor los. Zur Aufmunterung hatte Maggiore Borgna nach dem Salut einen Hochruf auf den Duce angestimmt. – Es lebe der Duce! Du-ce, Du-ce, Du-ce! Ce-du, Ce-du, Ce-du! Porcus, Porcus, Porcus! – Der Major übernahm die Spitze, ihm folgte die endlich zusammengestellte Marschkapelle, die auch noch falsch spielte: an der Klarinette Poretta (jetzt für tot erklärt in Rußland), Teodoro an der Trompete, der Dickwanst Cagnasso hinter der Pauke und Stanga mit den Becken. Stanga hatte überhaupt kein Gespür für Takt und Rhythmus, in die Kapelle hatte er sich nur deshalb eingeschmuggelt, um sich vor der militärischen Ausbildung zu drücken, und er lachte immer über die Kürassen, die im Paradeschritt marschierten, während er am blauen Fluß im Grase saß und seine absonderlichen Becken liebkoste. Cagnasso mußte ihn ab und zu unterweisen: – Ein Schlag, zwei Schläge, basta! – mit gezischten Ansagen, die bis in die ersten Reihen vernehmbar waren. Der Banda folgten die Offiziere, erste Ausbilder und ausnahmsweise der Lehrer Cerutti, Kommandant der Balilla: er hatte von Maggiore Borgna die Erlaubnis erhalten, an dieser eher für erfahrene Leute gedachten Partie teilzunehmen; an der Spitze der jungen Faschisten marschierte also heute Cerutti, unter anderem erkennbar an den jämmerlichen graugrünen Kniestrümpfen, die er zur besseren Abstimmung mit der Landschaft den Gamaschen vorgezogen hatte. Vor dem Abmarsch hatte er laut den Maggiore, seinen Waffenkameraden im Anderen Krieg, beglückwünscht. – Ich bin wie neugeboren, Borgna, ich schwöre, ich lebe wieder auf. Du hast eine wunderbare Truppe, – und er wies auf die hoch aufragende Aufstellung der finster dreinblickenden Kürassiere –, eine phantastische Jugend, das muß man sagen. Das ist auch ein bißchen unser Verdienst, muß man sagen, aber diese hier sind besser als das, was wir in ihrem Alter waren, das sollten wir zugeben. – Nein! – brüllte der Maggiore, – nein, Cerutti! Du hast eine schreckliche, unverzeihliche Dummheit gesagt und stellst die Geschichte geradezu auf den Kopf. Die hier haben nicht ein Zehntel den Schmiß, wie wir ihn damals hatten. Die würde ich gern mal auf dem Karst sehen, diese Heringe. Die verspeisen wir Alten doch noch heute zum Frühstück. Jedenfalls ich.

Maggiore Borgna marschierte immer lässiger, seine leicht ergrauten Haarsträhnen bewegten sich rhythmisch unter dem schwarzen Barrett mit dem goldnen Adler, vor der Brust hing ein Opernglas und an der Koppel ein Bündel topographischer Karten und in ihrer Tarnhülle eine Feldflasche. Dann machte er eine schneidige Geste und befahl, die asphaltierte Straße zu verlassen hinein ins offene Gelände und einen parallel zum fast körperlosen Fluß verlaufenden, breiteren Pfad einzuschlagen. Die Banda hörte auf zu spielen. Dies kam der Eröffnung der Kriegshandlung gleich, und ein Schauder durchlief die lange Kolonne, etwas wie der düstere Ernst des Krieges, der, sich über sie breitend, das Gelächter und das Geschwatze verstummen ließ. Der fette Cagnasso drehte sich alle fünf Schritte um und flehte, beim Transport der großen Trommel abgelöst zu werden, doch immer vergeblich, bis sich der Maggiore, weil der Quälgeist allzu beharrlich darauf bestand, umdrehte und ihm höchstpersönlich einen kräftigen Fußtritt androhte.

Johnny schritt mit der Nachhut der Kürassiere zwischen Girardi und einem Neuling, einem auswärtigen Studenten des Lehrerseminars in einem Wollmantel, dem noch der Ladengeruch anhaftete. Der Maggiore blieb stehen, und die Reihen der Kolonne kamen sich verheerend ins Gehege, sehr zum Verdruß der Kadetten, die außerhalb der Reihen marschierten. Er hatte die Karten herausgezogen, die er, gewichtig den Kopf hin und her wiegend, eingehend studierte. Roddi war in der sengenden, lichten Atmosphäre deutlich auszumachen. Er steckte die Karten wieder ein, und da er fand, daß noch genügend Zeit für eine solche Frivolität blieb, befahl er zu singen. Johnny wurde rasend vor Wut: wenn ihm etwas unerträglich war, dann kam das Singen gleich nach der obligaten Messe. Die Kadetten stellten die Ordnung wieder her, wobei sie den scharfen Ton anschlugen, der als einziger auf der Welt überlebt zu haben schien. Sie fingen an zu singen, während Johnny beim Gedanken an all die vergeudeten Sonntagvormittage, die sein Reich der ungestörten Kontakte mit der Natur und der Arbeit an eigenen Texten profanierten und zerstörten, wie in einem schwarzen Schatten versank… doch in Reih und Glied einem schwachsinnigen, von idiotischen und unterwürfigen Untergebenen umschwärmten Maggiore hinterhermarschieren und dabei auch noch aus vollem Halse schmettern, nein. – Du singst nicht. Warum singst du nicht? Los, sing! – schrie der Kadett Giacosa so ungestüm, daß Johnny sich dessen Speichel von der Wange wischen mußte. – Erstens, spuck du mir nicht ins Gesicht. Halt wenigstens deine Spucke zurück. – Und du sing. – Lieber krepiere ich. – Dann meld' ich dich dem Kommandanten! – Wem, dem Onkel? – Giacosa zögerte, und der Ausbilder Castellengo griff ein, der Johnny in mildem Ton zu singen wirklich befahl. Und Johnny sang, wobei er *It's a long way to Tipperary* mit dem wilden Chor vermischte, zu Castellengos voller Zufriedenheit. Vor Johnny sang der Milchmann Gallizio seine ebenfalls ganz eigene Strophe, die aus einer unendlichen Wiederholung des Verses »Der Duce ist ein Schwein, Starace ist ein …« auf eine eher melancholische Marschmelodie bestand. Plötzlich ging die Hymne über in ein allgemeines Gelächter, denn Cagnasso, der die schwere große Trommel nicht mehr ertragen konnte, war dabei, eine seiner Gamaschen zu verlieren, so daß die geschwollene, dicht behaarte Wade zum Vorschein kam. – Wie ein trächtiges Karnickelweibchen –, kommentierte Bosca.

Der Maggiore drehte sich bedrohlich um, und das Lachen war wie abgeschnitten: etwas weiter vorn, mitten in der Brache, brüllte er »Hinlegen!« Er hatte sich als erster zu Boden geworfen, ungeachtet seiner prächtigen Uniform, und schon erhob er sich wieder, um sich einen Überblick über die Liegenden zu verschaffen. Jetzt hatte er es auf einen Ausbilder abgesehen, spottete über dessen Angst, seine hübsche Uniform zu ruinieren. – Du bist hier nicht, um auf Frauen zu warten, die aus der Kirche kommen. Vergiß die

Piazza und das Flanieren. Das hier ist Krieg, so und nicht anders. Schmeiß dich hin, mach schon –, und Conterno-John Boles legte sich betreten auf den rauhen Boden, wo es im Gras von Millionen emsiger Ameisen nur so wimmelte.

Johnny ging es gut, ausgestreckt auf der festen und warmen Erde träumte er davon, daß dieses Zwischenspiel so lange wie möglich dauere, zumal noch in dieser schwebenden Stille: mit der Wange bog er das harte und trockene Gras und sah hinüber zum Fluß durch ein goldenes Raster in den Augenwinkeln. Er mußte lächeln. Jemand hatte sein Lächeln wahrgenommen und erwiderte es. Es war der Lehrer Cerutti, den der Befehl drei Meter entfernt von ihm bäuchlings hatte niedergehen lassen, seine Hinterbacken verdeckten etwas den Blick auf den Fluß. Er lächelte Johnny zu, das Käppi schief auf dem gefärbten Haar, und jenes Lächeln bedeutete: – Großartig, nicht wahr? Auch du spürst es, verstehst es voll und ganz. Der Krieg, die Männer, die den Krieg führen: großartig. Es gibt nichts sonst auf der Welt. – Er lächelte. So ließ er die anderen, die um ihn herum lagen, an seiner persönlichen Ekstase teilhaben, und lächelte sogar dem Maggiore Borgna zu, der finster über der Horde am Boden emporragte.

Er sah über die Schulter auf das vom feindlichen Schweigen gehaltene Dorf. – Daß sich keiner bewegt, es ist verboten, auch nur die Halsschlagader zu bewegen. Ich hoffe, ihr habt begriffen, daß wir in Feindesland sind. Unten geblieben, ihr Mistkerle. Die träumen von nichts Besserem, als euch zu entdecken und aufs Korn zu nehmen. So ist's gut. Jetzt stellt euch vor, ihr seid unter feindlichem Feuer. Wir SIND unter feindlichem Feuer.

Auf Johnnys Wange fiel ein großer, klebriger, absurder Tropfen. Die Sonne schien noch, ihre Strahlen jedoch schon schweflig infiziert, in deren Fächer der plötzliche Regen eine diagonale Palisade errichtete. Ein besorgtes, ungläubiges Gemurmel der Erde und der Männer stieg auf zum Himmel, hunderte Körper bibberten im Grase. Johnny sah, wie sich der Maggiore fuchtelnd hin- und herwendete angesichts der sich ändernden Aussichten und Farbtöne, denn der Himmel verwandelte sich rasend schnell. Riesentropfen zerplatzten auf Girardis Tropenjacke und hinterließen ungeheure Flecken. An solch ein gewaltiges, ja geradezu hinterhältiges Sommergewitter konnte sich keiner der Jungen erinnern, die Riesentropfen prasselten auf die Haut und den Stoff wie Kröten, die mit aneinandergelegten Füßen herabstürzten. Dann gab es ein allgemeines Stampfen, der Himmel hatte sich violett verfärbt, der Fluß verzinkt, die Sonnenscheibe verpichte sich, und Maggiore Borgna, der Schwärzeste in all der Schwärze, gestikulierte am Boden und fluchte wie ein Besessener. Hunderte von Männern machten sich auf zu den Bauernhöfen, die weitab vom ungeschützten, Schrecken einflößenden Gelände lagen. Der Neuling unter den Kürassieren erhob sich begeistert, die Hände gen Himmel gestreckt, und Johnny lachte lauthals in den ersten Donner hinein: im prasselnden Regen zog sich der Wollmantel um einen Zentimeter pro Sekunde zusammen, vorn war er schon so kurz, daß der Hosengürtel zu sehen war.

Johnny hörte gar nicht mehr auf, sich schiefzulachen über diesen Mantel, ganz allein, klatschnaß, und merkte überhaupt nicht, daß Maggiore Borgna an ihn herantrat. Es war wie der schlagende Flügel einer erschrockenen Fledermaus, Johnny wurde ganz kraus von der Ohrfeige. Ein grellweißer Blitz zuckte, auf den gleich der Donner folgte. Johnny richtete sich wieder auf und hielt seine geballten Fäuste schlagbereit vor sich, der Maggiore verzerrte sein Gesicht und beugte sich zu ihm hin: – Verzeih mir, Junge, – stotterte er. – Alle, alle haben Reißaus genommen und meine Hand fiel auf dich, den einzigen, der mich nicht verlassen hat.

– Da unten ist es passiert, – und Johnny zeigte auf das Ende der Uferebene, weit jenseits des letzten sichtbaren Bauernhofes. Bielli sagte: – Ich hatte Angina. Ich weiß noch, wie meine Eltern ein regelrechtes ärztliches Attest vorlegen mußten, denn dem Maggiore war nicht beizukommen, er wollte alle seine jungen Faschisten beim strategischen Marsch, selbst wenn sie im Sterben lagen.

Sie kamen an, auf dem Abhang von Castel Gallo machten die Mädchen die ersten Rutschpartien: Fulvia als furchtlose Anfängerin, während Gheri auf halber Höhe übervorsichtig ihren Schlitten vom Stapel laufen ließ.

Vor ihnen ein Junge, hinter ihm her ein plumper Rodelschlitten, der auf dem gläsernen Boden mit seinem Hinterteil hin- und herschlenkerte. Einen fünfzig Meter hinter ihnen in die Landstraße mündenden Feldweg kam auf dem Fahrrad ein Soldat herab: ein Gebirgsjäger, den der zusammengeraffte Umhang kleiner und untersetzter erscheinen ließ, als er war. Er gelangte mit einem Balanceakt auf die Straße und radelte weiter direkt auf den Jungen zu, als wollte er ihn überfahren. Der machte instinktiv einen Schritt zur Seite, und als ihn der Soldat überholte, spreizte der ein Bein ab und gab dem Schlitten einen solchen Tritt, daß er im Graben landete. Er fuhr und steuerte jetzt auf Johnny und Mimmo zu, drohend und schimpfend, wobei sein tränenüberströmtes Gesicht besser zu sehen war. Zehn Schritte vor ihnen bremste er. – Ich muß wieder nach Rußland, – schrie er: – Ihr glaubt es nicht, wie? Scheißstudenten. Sie schicken mich wieder nach Rußland. – Er schluchzte, während sein Fuß krampfhaft das freigegebene Pedal suchte. Er hatte ein rundes und kindliches Gesicht, das von der plumpen Gebirgsjägermütze eingezwängt wurde, aber auch dadurch nicht älter wirkte.

– Ist das vielleicht unsre Schuld? – entgegnete Bielli: – Warum läßt du dich an uns aus? – Warum? Schäm dich, mich nach dem Warum zu fragen. Scheißstudenten, die ihr euch amüsieren könnt, und ich muß zurück nach

Rußland. – Er hatte sich wieder in den Sattel gehievt und fuhr heulend im Zickzack weiter, Flüche und Beleidigungen um sich schleudernd.

Johnny fuhr sich mit der Hand über die Augen. – Was hast du, Johnny? Du bist totenbleich. Ist es unsere Schuld? Laß uns nicht länger dran denken. Der war verrückt. Nimm's ihm nicht übel und vergiß ihn.

Er nahm's ihm nicht übel und würde ihn niemals vergessen.

Übersetzt von Helmut Schulze

Anmerkungen: *Balilla:* Jugendorganisation der Faschisten; *It's a long way to Tipperary:* 1912 von Jack Judge (1872–1938) komponiertes Lied, das unter den britischen Soldaten während des Ersten Weltkriegs sehr populär war; *Starace:* Achille Starace (1889–1945), Mitglied der faschistischen Sturmabteilungen, Sekretär der Nationalen Faschistischen Partei von 1931 bis 1939 und Generalstabschef der Freiwilligen Miliz für die Nationale Sicherheit (Schwarzhemden) von 1939 bis 1941.

Giorgio Caproni

Bisogno di guida

M'ero sperso. Annaspavo.
Cercavo uno sfogo.
Chiesi a uno. «Non sono,»
mi ripose, «del luogo.»

Compleanno

Avevo salutato
tutti, uno per uno.
Infatti, non sapevo
se sarei ritornato.
Per strada mi sono voltato,
prima di scantonare a destra.
Nessuno s'era affacciato
(nemmeno io) alla finestra.

Disdetta

E ora che avevo cominciato
a capire il paesaggio:
«Si scende,» dice il capotreno.
«È finito il viaggio.»

Il fuor di senno

«Non si passa!», quasi
urlava. E teneva
– ritto in mezzo alla strada –
le braccia aperte, quasi
bastasse quella barriera
a bloccare l'irrompere
– fulmineo – della sera.

Führungslos

Ich hatte mich verirrt. Ich taumelte.
Versuchte mich zu orientieren.
Ich fragte jemanden. »Ich bin«,
so der, »doch selber nicht von hier.«

Geburtstag

Zum Abschied hatte ich alle
gegrüßt, einen nach dem andern.
In der Tat, ich wusste nicht,
ob ich je zurückkehren würde.
Auf der Straße habe ich mich umgewandt,
ehe ich nach rechts abbog.
Niemand (nicht einmal ich)
hat aus dem Fenster geblickt.

Ungemach

Kaum hatte ich begonnen
die Landschaft zu kapieren:
Da rief der Zugwart: »Endstation!
Die Reise endet hier.«

Von Sinnen

»Hier kommt keiner durch!«, so schrie er
quasi. Und breitete die Arme
– stehend, mitten auf der Straße –
weit aus, als wäre das
bereits genug Barriere
gegen den – gleißenden –
Einbruch des Abends.

Condizione

Un uomo solo,
chiuso nella sua stanza.
Con tutte le sue ragioni.
Tutti i suoi torti.
Solo in una stanza vuota,
a parlare. Ai morti.

Nebbia

Partivo sempre in mattine
nebbiose (con vaporose
e lunghe locomotive nere),
e mi mettevo a sedere
– nel fumo della stazione –
d'angolo, in un vagone.

Partivo nell'ora albina
e umida, quando la brina
copriva ancora i binari
a lutto, e straordinari
suonavano gli ululati
degli altri treni, bagnati.

Partivo senza capire
dove mai andassi a finire.
Avevo nel capo nebbia;
nel cuore – verde – una Trebbia.

Il tempo era di prima
che avessi conosciuto Rina.

Zustand

Ein Mann, allein
in seinem Zimmer eingesperrt.
Mit all seinem Rechthaben.
All seinen Irrtümern.
Allein in einem leeren Zimmer
spricht er. Zu den Toten.

Nebel

Immer brach ich an nebeligen
Vormittagen auf (mit dampfenden
Lokomotiven, lang und schwarz)
und nahm dann Platz
– im Bahnhofsrauch –
in einem Winkel des Waggons.

Ich brach zu früher, feuchter
Morgenstunde auf, da der Reif
noch als Trauer über den Gleisen
lag, und außerordentlich
ertönte das Geheul
der anderen, nassen Züge.

Ich brach auf, ohne zu wissen,
wohin in aller Welt es mich verschlagen würde.
Das Haupt war mir vernebelt;
im Herzen – grün – trug ich den Trebbia.

Die Zeit: eine entfernte.
Noch bevor ich Rina kennenlernte.

Celebrazione

I morti per la libertà.
Chi l'avrebbe mai detto.

I morti.

Per la libertà.

Sono tutti sepolti.

Sconcerto

«Siamo», dissero, «i restauratori.
Ci avete chiamati.
Mostrateci gli edifici
in causa.
Per quanto lontano
spingiamo l'occhio, noi
di qua non scorgiamo
che dirupi e valloni.

Mostrateci le costruzioni
vostre».

Erano forti.

Alti.

Tutti più alti del vero.

Ci guardammo atterriti.

La Reggia, il Tribunale, il Duomo…
Com'erano, così paurosamente
– e in un sol lampo – spariti?

(Non erano mai esistiti?)

An Jahrestagen

Die Gefallenen für die Freiheit.
Wer hätte das gedacht.

Die Gefallenen.

Für die Freiheit.

Sind alle schon begraben.

Verstörung

»Wir sind«, so sprachen sie, »die Restauratoren.
Ihr habt uns zu euch bestellt.
So zeigt uns die btereffenden
Gebäude.
So weit wir unser Auge
auch schweifen lassen, hier
erkennen wir nichts als
Hänge und Täler.

Zeigt uns eure
Konstruktionen.«

Sie waren kräftig.

Groß.

Überwahrheitsgroß.

Unsre Blicke trafen sich entsetzt.

Die Reggia, das Tribunal, der Dom …
Wie konnten sie, so grauenvoll
– und augenblicklich – untergehn?

(Hat es sie etwa nie gegeben?)

Übersetzt von Theresia Prammer

Klaudia Ruschkowski

Nient'è più possibile ormai

Pier Paolo Pasolinis »Medea« als »neues Theater« für einen »skandalösen Zuschauer«

Die Sonne geht unter. Ihr Feuer verlischt. Die Kamera wandert langsam über das Meer in ein sich mehr und mehr verdunkelndes Blau. Blickt Jason in die Ferne, sieht er eine Variation von Blautönen, Blau des Wassers und der Schatten des weiten abendlichen Landes. Sie werden eine halbe Erdumdrehung später zu den bläulichen Schattierungen des neu aufziehenden Tags. Medea blickt gegen die untergehende Sonne. Rot, fast golden versinkt sie hinter dem Horizont und wird sich von ihm mit neuer Kraft erheben. Zwei konträre Zustände, zwei konträre Haltungen, Tag und Nacht, Morgen und Abend, Diesseits und Jenseits, etwas, das sich auf dem Horizont kreuzt, das unbedingt zusammengehört, aber nie eins sein wird.

Pasolini nannte »Medea« eine »Autobiographie« und zugleich einen »Dokumentarfilm mit ethnologischem Charakter«. »Medea« sollte, bemerkte Giuseppe Zigaina, Pasolinis »letzter« Film sein und folglich sein letzter »Filmschnitt«: der »Schnitt« oder die Auswahl der signifikanten Wendungen einer Geschichte als »eine Aktion analog jener, durch die der Tod das Leben eines Menschen bearbeitet«. In »Medea« verschränkt Pasolini zwei Zeitalter, zwei Zivilisationen, zwei Kultur- und Erziehungsprofile zu einer »Geschichte der menschlichen Entwicklung«.

Jason, der Königssohn, wird vom Zentauren Chiron erzogen, einem halb animalischen, halb spirituellen Wesen. Pasolini beginnt seine Erzählung mit einer Irritation. Chiron, der Weise und Gerechte, sagt dem kleinen Jason, er habe ihn belogen. Jason sei nicht sein Sohn, er weder sein Vater noch seine Mutter, er habe ihn auch nicht im Meer gefunden. Jason begreift nicht, aber nimmt es hin. Chiron, der Animalische, erzählt dem Kind vom Goldenen Vlies, dem Fell eines sprechenden göttlichen Widders, mit dem Jasons Geschichte vor Urzeiten begonnen habe. Durch seine Erzählung lässt er ein Gewebe aus mythischen Namen und Ereignissen entstehen – als riefe der Zentaur sich selbst noch einmal alles in Erinnerung, ließe es Sprache werden und dadurch Wirklichkeit. Das Kind blinzelt. Es schließt die Augen, streckt sich auf dem schattigen Boden der Hütte aus, die Stirn in der Sonne, rot, fast golden. Noch scheint es mit allem verbunden.

Die nächste Einstellung zeigt die Landschaft bereits in blauem Licht. Der Blick des Zuschauers geht über das schattig unbewegte Wasser der Lagune von

Grado. Hier, an »zeitlosem Ort«, archaisch, mythisch und heutig zugleich, drehte Pasolini Jason-Szenen und Szenen der Argonauten. Es war Zigaina, der Maler, der den »ontologischen« Freund auf seinem Boot in die Lagune hinaus fuhr: »Er war ergriffen von der Landschaft, zwei Stunden waren wir unterwegs, bis wir die Insel Safon erreicht hatten. Sie faszinierte ihn sofort.«

Pasolini zeigt die Erziehung Jasons dort in fünf kurzen Einstellungen. Die ersten drei gehören dem animalischen, dem animistischen Zentauren. Er beschreibt die Heiligkeit der Natur: Alles ist heilig, es gibt nichts Natürliches, jedes Ding ist beseelt, ist ein Gott. Aber die Götter, die lieben, hassen zugleich. »Wenn die Natur dir natürlich erscheint«, sagt Chiron, »ist es aus. Dann beginnt etwas anderes.« »Der Einbruch des Heiligen«, erklärt Mircea Eliade, auf dessen Schriften Pasolini sich immer wieder bezog, »*gründet* wirklich die Welt und macht sie so, wie sie heute ist. Mehr noch: erst durch das Eingreifen der übernatürlichen Wesen ist der Mensch, was er heute ist, ein sterbliches, sexualisiertes und kulturelles Wesen.« In der vierten Einstellung blickt der erwachsene Jason von derselben Stelle aus, an der er als Kind gesessen hatte – hinter ihm nicht mehr die Sonne, sondern ein Herdfeuer – auf einen anderen Chiron: Der Pferdeleib ist verschwunden, vor ihm steht der Lehrer, die Ratio. Dieser Chiron reflektiert über die Konkretheit der Mythen und Rituale für die antiken Menschen. Er spricht über die Entstehung von Realität durch Nachahmung oder Wiederholung eines Archetyps, wodurch der Mensch aufhört, er selbst zu sein, um »wirklich« zu sein. Am Ende der fünften Einstellung schickt Chiron seinen Schüler über das Meer, sein Recht zu fordern und den Thron, der ihm zusteht, bei seinem Onkel Pelias einzuklagen. Chiron prophezeit: Pelias werde ihm einen Tausch vorschlagen: Thron gegen Goldenes Vlies. Macht gegen Mythos. Jason werde in ein fernes Land aufbrechen und dort seine Erfahrungen machen: in einer mythischvorgeschichtlichen Welt – die der ersten Ackerbauern –, in der alles um die Saat und den Samen kreist, als Aufgehobensein im lebendigen Kreislauf von Tod und (Wieder)Geburt. Chiron gibt Jason einen zentralen Gedanken Pasolinis mit auf den Weg: »Nur, was mythisch ist, ist realistisch – und nur, was realistisch ist, ist mythisch.« Ob Jason diesen Satz versteht, ob dieser Gedanke ihn (noch) interessiert, bleibt in der Indifferenz seiner Haltung verborgen. Chiron und Jason stehen einander gegenüber, auf einer winzigen Landzunge, die in die Lagune ragt. Im Spiegel des Wassers verdoppeln sich beider Gestalten zu Schatten ihrer selbst. Die Ablösung hat stattgefunden. Jason verlässt die Insel seiner Kindheit: als Mann, als »Erwachsener« mit rationalem Blick. Schnitt auf Kolchis.

In einer bestürzenden, langen Szene, wortlos bis auf einen einzigen Satz Medeas, lässt Pasolini die Dinge und Aktionen sprechen – von dem, worüber der rationale Chiron reflektiert hatte: durch ein Fruchtbarkeitsritual, in dessen Verlauf ein junger Mann geopfert wird, geschlachtet und zerstückelt, sein Blut auf die Pflanzen gestrichen und seine Eingeweide in den Äckern vergraben – *Da' vita al seme e rinasci con il seme… Gib dem Samen Leben und werde mit dem Samen wiedergeboren…*: Der Entwurf des Bildes einer archaischen Gemeinschaft in ihrem mythischen und religiösen Ernst. Im Zentrum des Rituals steht das *Tau* als heiliges Zeichen für den Mittelpunkt der Welt, für die alles berührende Sonnenkraft, für Tod und Wiedergeburt – für die Verknüpfung von Zeit und Raum. An ein *Tau* ist das Goldene Vlies gebunden, der Gott, in seinem einsamen Heiligtum auf dem Berg. An ein auf dem Acker errichtetes *Tau* wird das Opfer gebunden und zur Hälfte mit rotem, zur Hälfte mit gelbem Lehm bestrichen. Dann wird ihm das Genick gebrochen. »Jedes Opfer«, zitiert Pasolini Eliade, »*wiederholt* das anfängliche Opfer und *koinzidiert* mit ihm. Alle Opfer werden im gleichen mythischen Augenblick des Anfangs gebracht; durch das Paradox des Ritus werden profane Zeit und Dauer aufgehoben.« An ein *Tau* wird am Ende des Rituals in einem karnevalesken Tanz die Priesterin Medea gebunden. Ihr Bruder erhält Rutenschläge, die Eltern – das Königspaar – werden von den Tanzenden bespuckt. Ein Ritus der »Entheiligung«: Die politische und spirituelle Macht wird erniedrigt und durch die Erniedrigung wieder installiert. Für die Gemeinschaft beginnt mit dem Ende des Rituals ein neuer, sich ewig gleichbleibender Zyklus. Pasolini zeigt als letztes Bild in einem »Sterben, wie man wirklich stirbt, durch Geburt«, die neu konstituierte alte Gemeinschaft: *»rinasci con il seme«* … es ist »wie immer«. Im Zentrum der rituellen Handlungen steht Medea: Übersetzerin des Anspruchs der Götter an die Menschen, Vermittlerin zwischen der menschlichen Gemeinschaft und dem Kosmos.

Als der Produzent Franco Rossellini Pasolini am 19. Oktober 1968 mit Maria Callas bekannt machte, war Pasolini klar: Die Callas ist Medea. Diese Begegnung, bemerkte Zigaina, war wie ein Blitzschlag: »Für beide, davon bin ich überzeugt.« Pasolini erklärte dem Schriftsteller Jean Duflot auf dessen Nachfrage: »Warum Maria Callas? Aus demselben Grund, warum ich in der Lagune drehen wollte und in Kappadokien: Das Gesicht der Callas und diese Regionen gleichen sich. Sie sind zeitlos, archaisch, mythisch und geheimnisvoll.« Zugleich bezeichnete Pasolini die Callas als die »modernste aller Frauen«. Was beide verband: Sie trugen furchtbare innere Konflikte aus, gepaart mit einer unendlichen Sehnsucht nach Liebe. Pasolini schrieb Medea-Callas das Drehbuch auf den Leib und bekannte, dass er bei ihr dieselbe Wahrheit fände wie bei Franco Citti, seinem »Accattone«: Eine Wahrheit, die von der Straße kommt – als käme auch sie, die Callas, direkt von der Straße und nicht von der Bühne. Pasolini trug die Callas durch Situationen, in denen sie nicht mehr Herrin über sich selbst, über ihren Körper, ihre Realität war, und erklärte ihr in einem Brief, sie solle nicht verzweifeln, das Kino müsse die

Realität zertrümmern, um sie in ihrer synthetischen und absoluten Wahrheit neu zu erschaffen, damit sie vollständig sei. Pasolini wollte nicht die Stimme der Callas, sagte Zigaina. Für »Medea« wollte er ihr intuitives Wissen vom Kosmos, ihre physische und psychische Realität, ihre Präsenz, die für ihn die Verbindung herstellte zwischen der Archaik des Mythos und der Wirklichkeit der modernen Welt. Eine Verbindung, mehr noch: eine Überlagerung, die er schon in der Figur des Zentauren angelegt hatte. »Diese Überlagerung hebt sich nicht auf«, bekannte er Duflot. Beide Seiten bestehen nebeneinander. »Der Fortschritt ist eine Illusion. Nichts geht verloren.«

In die Realität einer (noch) mit sich selbst identischen Welt bricht Jason mit den Argonauten. Ein Trupp von Abenteurern, sportlich, überlegen, selbstzufrieden. Junge Männer, die sich nehmen, was sie wollen. Kaum an Land, erblicken sie zwei Hengste, die miteinander kämpfen, ein heller und ein dunkler. »Schöne Pferde«, sagt Jason. »Nehmen wir sie uns.« Ein Schlüsselmoment, ein Wendepunkt, der Einbruch eines anderen Bewusstseins. Der moderne Mensch nimmt sich, was die Natur bietet. Alles steht ihm potenziell zur Verfügung. Die Welt wird in nichts anderes als in Besitz verwandelt. Während Jason und seine Bande wie Cowboys durch Kolchis streifen und auf der Suche nach dem Goldenen Vlies in Heiligtümer eindringen, in denen sie nichts verloren haben, wird Medea von Ahnungen ergriffen. Zum ersten Mal geht ihr Blick über ein von ihr womöglich unabhängig existierendes Land. »Medea«, bemerkte Pasolini gegenüber Duflot, »ist die Konfrontation der archaischen, hieratischen, klerikalen Welt mit der Welt Jasons: einer im Gegensatz dazu rationellen und pragmatischen Welt. Jason, das ist der zeitgemäße Held (die *mens momentanea*), der nicht nur den Sinn für Metaphysik verloren hat, sondern sich derartige Fragen nicht einmal mehr stellt. Er ist der stumpfe ›Techniker‹, dessen Streben einzig auf Erfolg gerichtet ist.« Im »lunaren Kolchis« dagegen zelebriert man einen »solaren Ritus«, der sich mit den rationalen Worten des neuen Zentauren zu verbinden scheint, ihm aber durch den Glauben an die Ontologie und die Heiligkeit »dessen, was ist«, entgegensteht. »Die sinkende Sonne verkündet den Abstieg ins Reich der Toten, die aufgehende Sonne die Auferstehung«, notierte Pasolini im Drehbuch. So erschafft sie den Rhythmus der Zeit und deren Sakralisierung. Eben darauf beruht die bäuerliche Welt. »Die Sonne ist zugleich der Gott der Befruchtung und des Todes.«

Die tiefe Beunruhigung, die sie ergriffen hat, lässt Medea das Gegenüber ihres Gottes suchen. Vor dem Aufstieg auf den Berg, zum Allerheiligsten, muss sie, zur Reinigung, durchs Feuer gehen. »Wie immer« kniet sie vor dem Vlies, das den Gott repräsentiert. Sie schaut zu ihm auf, aber in ihrem Blick, versteckt, liegt schon beinahe etwas Hochmütiges, in ihren Augen schon beinahe etwas wie Zweifel. Ein extrem spannungsvoller Zustand, dem eine Vision entspringt: Jason übertritt die Schwelle des Heiligtums. Er blickt Medea an. Dieser Anblick konfrontiert sie in nie erlebter Weise mit sich selbst, sexualisiert und entfremdet sie zugleich. Medea fällt ohnmächtig zu Boden. Kleists Käthchen erblickt den Grafen vom Strahl in einer Vision, ein Cherubim führt ihn an ihr Bett. Bei seinem wahren Anblick fällt sie in Ohnmacht und stürzt sich, erwacht, ihm folgend, aus dem Fenster ihres Vaterhauses, lässt alles hinter sich. Alkmene fällt in Ohnmacht bei der Entlarvung Jupiters. Penthesilea stürzt ohnmächtig zu Boden, bevor sie von Achill gefangen genommen wird. Wie Käthchen, Alkmene, Penthesilea ist Medea vom Blitz eines Etwas getroffen, das größer ist als sie selbst: eine bedingungslose Liebe, deren Maßlosigkeit Pasolini zutiefst fasziniert hat. Für diese fundamentale Empfindung gibt es keine Worte, nur Taten. Die Taten, die Medea im Zeichen dieser Liebe begeht, fügen sich in das alte Ritual und werden Teil der neuen Wirklichkeit, sie transformieren sie. In der Interpretation der Callas schwingt etwas ungemein Subtiles mit, das die Tragödie bereits ankündigt, ohne irgendetwas dagegen tun zu können. Eine Ahnung von der Absolutheit der Überschreitung: den Gott opfern, die Gemeinschaft verlassen, jede Verbindung auflösen. Der Gott verwandelt sich in dem Moment, als er von Absyrtos vom *Tau* geschnitten wird, in das, was er einmal war: das Fell eines Widders. Nutzlos, ohne Wert. Das zeigt sich kurz darauf: Sein Thronrecht kann Jason dem Pelias damit nicht mehr abkaufen. Medea tötet ihren Bruder auf der Flucht – eine Überschreitung, die Mord ist. Die mühsam zerhackten Glieder stößt sie als Botschaft an die Eltern vom Karren, lässt alles hinter sich. Sie schneidet sich von ihrer Welt ab. Medea, so Pasolini, »schließt sich aus sich selbst aus; sie trägt ihre eigene Tragödie in sich. Medea hat, vergessen wir das nicht, die größtmögliche Integration erreicht. Was ist also der tiefere Grund für diesen Selbstausschluss? Eine Art von umgekehrter Konversion.« Ein Trauma, das zu einer Erleuchtung führt, die sich in der Tragödie erweist. Das Überschreiten der Schwelle.

»Die Fixierung auf das Problem der Verstoßung, des Ausgeschlossenseins, entspricht sie einer schmerzlichen Erfahrung, die Sie selbst gemacht haben?«, fragt Duflot. Darauf Pasolini: »Das steht außer Zweifel. Wenn ich Ihnen sage, dass ich die Empfindungen eines verwundeten Tieres habe, das sich hinter der Herde herschleppt, so sage ich die Wahrheit.« Duflot: »Aber hat dieses Gefühl des ›Verlorenseins‹ tiefere Gründe, liegt es an präzisen psychischen Besonderheiten?« Und Pasolini: »Ja, natürlich. Die meisten meiner Kümmernisse, der größte Teil des Hasses, den man mir entgegenbringt, rühren daher, dass ich anders bin. Ich spüre ihn, diesen Hass; es ist ›Rassenhass‹. Es ist der gleiche Rassismus, der sich gegen alle Minderheiten der Welt richtet.«

Auf der Piazza dei Miracoli in Pisa installiert Pasolini das Zentrum der Macht des Königs von Korinth. Hier trifft Jason wieder auf Chiron. Er hält ihn für eine Vision, denn er sieht ihn doppelt. Vor ihm stehen beide Kentauren, die ihn erzogen haben: Chiron, der Heilige, und Chiron, der Profane. »Nein, keine Vision«, korrigiert Chiron, der Lehrer. »Was du siehst, ist das, was in dir selbst ist.« Im Namen des heiligen Kentauren wird er Jason die Augen öffnen: »In Wirklichkeit liebst du Medea. Du hast Mitleid mit ihr. Und du begreifst ihre spirituelle Katastrophe: die Desorientierung einer antiken Frau in einer Welt, die ignoriert, woran sie geglaubt hat. Für sie gibt es kein Zurück.« »Wozu nützt mir dieses Wissen?«, fragt Jason. »Zu nichts«, antwortet Chiron. »Es ist die Realität.« Und Jason wird die Augen schließen. Er wird sie – wie Ödipus – mit der Hand bedecken und sich abwenden. So setzt er die Tragödie fort, die er durch die Konfrontation mit der anderen Zivilisation ausgelöst hat. »Das ganze Drama«, so Pasolini, »beruht auf diesem Gegensatz zweier Kulturen, auf der Nichtreduzierbarkeit zweier Zivilisationen, der einen durch die andere.«

Pasolini, erklärte Zigaina, wählte »Medea«, um über diesen Stoff, durch diese Figur sich selbst auf die Bühne zu bringen. Das Theater seiner eigenen Geschichte, die er »entwickelt, hochzieht, manipuliert und ihr eine Form gibt, um alles von sich zu erzählen. Auch von seiner Liebe zu Ninetto Davoli«. »Ich bin fast verrückt vor Schmerz«, bekannte Pasolini dem Schriftsteller Paolo Volponi, »Ninetto ist vorbei. Nach fast neun Jahren ist Ninetto nicht mehr da. Ich habe den Sinn des Lebens verloren. Ich denke nur ans Sterben ...« Ninetto hatte sich verliebt, geheiratet und sollte zwei Söhne haben, die er nach den Brüdern Pasolini nennt: Pier Paolo und Guido Alberto. Pasolini schreibt in einem Brief an Ninettos Frau, der sich, nicht abgeschickt, unter seinen Papieren fand: »Du weißt, dass Egoist ist, wer liebt, und den geliebten Menschen ganz für sich haben will ... Ich sterbe bei dem Gedanken, dass Ninetto nicht mehr mein Ninetto sein wird.« In den »definitiven Dialogen der definitiven Fassung von Medea« im Drehbuch von 1969, wo Ninetto – in dem sich Jason spiegelt, wie Pasolini sich in Medea – bereits fortgegangen war und »sich an sein neues Schicksal verloren hatte«, klagt Medea: »Dieser armselige Mann, der mir alles verdankt, und auf den ich jede Hoffnung verloren habe.« Und Jason gibt zurück: »Du wirst niemals erkennen, dass alles, was du für mich tatest, nur aus Liebe zu meinem Körper geschah. Vielleicht ohne große Mühe und vielleicht, zugegeben, ohne es zu wollen, habe ich dir letztlich viel mehr gegeben als ich empfing.«

Die Liebe zu Medea im Zeichen des Heiligen, des Anfangs und der Poesie, im Zeichen des alten Zentauren ist abgeschnitten. Sie macht einer neuen Liebe Platz: zu Glauke, der Tochter des Königs. Jason bereitet sich darauf vor, in den engsten Kreis der Macht einzuheiraten. Medea, die sich selbst aus der alten Welt verstoßen hat, wird von der herrschenden Macht aus der neuen verstoßen, vor die Stadt verbannt. Ihre übermächtige Verzweiflung lässt sie wieder Anschluss an die schon verloren gegebenen Archetypen finden. Die Sonne auf der Horizontlinie im Blick, hat sie eine Vision: die Verbrennung Glaukes, die Pasolini – der Tragödie des Euripides folgend – zunächst als Traum erzählt, während einer Ohnmacht, die Medea überwältigt. Als Medea zu sich kommt, ist noch alles möglich. Die reinigende Kraft der Vision hätte der Katastrophe Einhalt gebieten können. Schnitt auf den König.

Kreon steigt von seinem Palast auf dem Berg zu Medea hinab, in das einsame Haus auf halber Höhe. Er befiehlt ihr – entgegen aller Menschlichkeit, wie er hinzufügt – Korinth mit ihren Kindern, die auch Jasons sind, zu verlassen. »Warum die Kinder?« »Du bist anders als wir«, entgegnet Kreon, »eine Barbarin. Darum wollen wir dich nicht bei uns.« Und die Kinder, die ihr Erbe tragen, auch nicht. Damit gibt der Herrscher der öffentlichen Meinung, der Angst vor dem Fremden, vor dem Anderen Ausdruck und Genüge. Ein Staatsakt. Er selbst wird von noch einem anderen Motiv getrieben: der Angst um die Tochter. Glauke, sagt er, fühle sich bedrückt. Die bloße Präsenz Medeas nehme ihr die Luft. Luftlos ist allerdings die Atmosphäre im Palast, alles dort ist bedrückend. Pasolini stellt Glauke in den Vordergrund, aber die Kamera blickt über sie hinaus und setzt den Vater ins Bild. Was sich offenbart, ist eine freudlos inzestuöse Beziehung, die den Vater an die Tochter bindet. Medea könnte Glauke zum Spiegel werden, in ihrem Unglück, aber schlimmer noch: in ihrer Kraft. Kreon wendet sich ab, er flieht. Medea fällt erneut ohnmächtig zu Boden. Wie hier Medea, fallen auch die Kleist'schen Figuren nicht in Ohnmacht, weil sie von der Welt enttäuscht sind, »sondern«, bemerkt László Földényi, »weil sie da erst die wirkliche Struktur der Welt, die ›Hochzeit‹ von Himmel und Hölle erkennen. Ihre Ohnmacht: ein Erwachen.«

Als Medea aus dieser Ohnmacht erwacht, ist nichts mehr möglich: *Nient'è più possibile ormai.* Nichts kann das, was in der Vision angezeigt worden war, noch aufhalten. Pasolini kreuzt den Tod Glaukes mit dem Medeas: den (unspektakulären) Selbstmord und den (skandalösen) Opfertod. Glauke, in Medeas eigenes Gewand gekleidet, das sie von ihr als Hochzeitsgeschenk erhalten hat, schaut in den Spiegel und erblickt *wie einer / der sein eigen Unglück träumet* den Zerfall ihrer Persönlichkeit. Sie erkennt das Mädchen, dessen Kraft nicht ausreicht, dem Vater, dem Mann, der Macht standzuhalten oder etwas entgegenzusetzen. Die Kamera fängt in einer Großaufnahme die todtraurige Verwirrung auf ihrem kindlichen Gesicht ein. Das Kleid fängt Feuer. Glauke befreit sich durch einen verzweifelten Akt: den Sprung in den Abgrund. Sie stürzt sich von den Mauern des Palastes. »Freiheit«, so Pasolini in den »Ketzererfahrungen«, bedeute nichts anderes als die »Freiheit, den Tod zu wählen.« Medea wählt als ihre Form des Todes den bewusst gesetzten Opfertod. Sie tötet ihre Kinder – eine Monstrosität, die Medea-Callas mit der größten Liebe zelebriert. Sie, die Meisterin des Feuers, verwandelt im Zeichen der kosmischen Verbindung von Mond und Sonne das Herdfeuer in Brand. Das Haus ein Flammenmeer. Es hindert Jason, zu Medea zu gelangen. Er will sie berühren. *Non mi toccare più*… Keine Berührung mehr. Medea, die toten Kinder im Arm, eine Furie, bringt sich in der verzweifelten Maßlosigkeit ihrer Liebe im Angesicht Jasons auf dem Scheiterhaufen ihres Hauses zum Opfer.

Die Form des Todes als definitive Form des Ausdrucks. Als ultimativer Schnitt des (Lebens-)Films. Selbsttötung als Widerstand. »Entweder unsterblich sein und ohne Ausdruck oder sich ausdrücken und sterben«, schrieb Pasolini in den »Ketzererfahrungen«. Und: »Die Märtyrer-Regisseure durch eigene Entscheidung enden, indem sie schließlich bekommen, was sie aggressiv wollen: verletzt und getötet zu werden mit den Waffen, die sie selbst dem Feind anbieten.« Bereits 1968 hatte Pasolini, so Giuseppe Zigaina, in seinem »Manifest für ein neues Theater« der Welt seinen eigenen Tod als einen »kulturellen Ritus« angekündigt: Schlusspunkt seines »diachronischen Werkes« aus Poesie, Kino, Theater, Malerei, Kritik. »Semiologisch betrachtet«, reflektierte Pasolini, »ist das Theater ein Zeichensystem, dessen nicht symbolische, sondern ikonische, lebendige Zeichen dieselben Zeichen sind, wie die der Wirklichkeit. Das Theater stellt einen Körper mittels eines Körpers dar… eine Handlung mittels einer Handlung.«

In Ostia an der Mündung des Tibers wurden in vorchristlicher Zeit Menschenopfer vollzogen. In Ostia, was Hostie heißt, einem »heiligen Ort reinster Ausprägung«, starb Pasolini am Morgen des 2. November 1975. Verbrechen? Selbstmord? Opfertod? Zigaina vertrat in seinen akribischen Analysen die Auffassung, dass Pasolinis Tod in Ostia als Diskriminante zwischen zwei entgegengesetzte Lesarten seines Werkes tritt. Verzichtet man auf die Untersuchung seiner linguistisch-semiologischen Überschreitungen und der Struktur seines »neuen Theaters ohne Voraufführungen, Premieren oder Wiederholungen«, dann ist sein Tod nichts anderes als die tragisch-traumatische Unterbrechung einer frenetischen Aktivität. Erfasst ein Zuschauer, »der liebt und sich begeistert«, jedoch den »linguistischen Skandal« von Pasolinis mythischer Erzählung, den ihr immanenten Akt der absoluten Transgression, dann »kann er nicht anders, als den Tod des Dichter-Regisseurs in den Scheitelpunkt seines Werkes zu setzen, wie einen Scheinwerfer, der alles ausleuchtet und als Ganzes wieder neu zusammensetzt«. Mit dem Ziel, dass Pasolinis Werk (heute) wieder genau gelesen, dass der Dichter, der politische Künstler (heute) wieder gehört werde. Dieser »skandalöse« Zuschauer von Pasolinis »neuem Theater« wird im Laufe der Zeit den (Opfer-)Tod des Märtyrer-Regisseurs, der eine »fulminante Montage aus seinem Leben« machte, entschlüsseln und ihm den Sinn zurückgeben.

Veronica Gambara

Dal veder voi, occhi lucenti e chiari,
nasce un piacer ne l'alma, un gaudio tale
ch'ogni sdegno, ogni affanno, ogni gran male
soavi tengo, e chiamo dolci e cari.

Dal non vedervi, poi, lucenti e rari
lumi del viver mio segno fatale,
un sì fiero dolor quest'alma assale
che i giorni miei fa più che assenzio amari.

Quanto contemplo voi sol vivo tanto,
limpide stelle mie soavi e liete;
il resto di mia vita è doglia e pianto;

però se di vedervi ho sì gran sete
maraviglia non è, ch'uom fugge quanto
che può il morire, onde voi schermo sete.

*

Sie redet die Augen jhres Buhlen an/den sie vmbfangen

So offt' ich ewren Glantz/jhr hellen Augen/schawe/
Bin ich in grosser Lust vertäufft so hoch vnd weit/
Daß ich mich frewen muß auch in Trübseligkeit
Vnd eusserster Fortun/in dem ich auff euch bawe.

Hergegen Schätz' ich mich für die betrübtste Frawe/
Wann jhr nicht wie zuvor geneigt vnd freundlich seyd:
Ich bin mir selber gram/mein Leben ist mir leidt/
Dieweil ich euch nicht hab' auff die ich einig trawe.

Ihr jrrdisches Gestirn'/jhr sterblichen Planeten/
Ihr meine Sonn' vnnd Mond'/jhr/die jhr mich könnt tödten/
Ohn euch ist alle Lust nichts als ein blosses Bild.

Was wundert jhr euch dann/daß ich zu euch muß eilen/
Mein bester Trost? es fleucht ein jeder für den Pfeilen
Des Todes/wider welch' jhr seyd mein starcker Schild.

Nachgedichtet von Martin Opitz

< *Max Mahlow: Brioni*

Christoph Klimke

Eine Insel zwischen den Welten

Pasolini, Moravia, Morante und der »Re delle Fettuccine«

Frühsommer 1982. Ich nehme vom Bonner Hauptbahnhof den Nachtzug nach Florenz, im Gepäck eine Auswahl von Büchern Pier Paolo Pasolinis, die mir soeben bei der Preisverleihung in der Universität Bonn überreicht worden sind. Ich habe den ersten Platz bei einem Gedichtwettbewerb gewonnen, tausend DM bekomme ich – und eine Kiste voller Bücher. Das Geld will ich am Lido von Venedig verjubeln, von dort aus Strawinsky und Ezra Pound, Pasolinis bewunderten Dichter, auf der Friedhofsinsel San Michele besuchen, um dann den Winter über weniger die Università di Firenze zu frequentieren, als vielmehr die Lyrikbände, Romane und Essays des 1975 ermordeten Dichters und Filmemachers zu lesen. Keinen seiner Filme kenne ich bis dato und weiß wenig über dieses Leben voller Widersprüche. Dieser neue Kosmos zieht mich so sehr in den Bann, dass ich fortan Bücher über Pasolinis Werk schreiben und herausgeben, an einem Film über sein Rom mitarbeiten und seine Stoffe immer wieder auf die Bühne bringen werde.

Aus meiner Berliner Fotokiste lacht mich Dacia Maraini an. Sie hat 1985 das Vorwort zu meinem ersten Buch über Pasolini »Der Sünder. Fragen an Pier Paolo« verfasst, ein Freundschaftsdienst. Sie war nach Elsa Morante die zweite Ehefrau von Alberto Moravia und ist längst eine bedeutende Roman-Autorin. Sie erzählt mir, wie sie mit Moravia, Pasolini und Maria Callas in den Jemen reist. Die Dreharbeiten zu »Medea« – mit Maria Callas in der Titelrolle – will Pasolini vorbereiten. Ein bis heute erratisches Meisterwerk. Die vier erreichen abends übermüdet einen kleinen Ort irgendwo im Nirgendwo. Zwei Zimmer werden den Fremden angeboten. Das Ehepaar Moravia bezieht das eine, die Callas und ihr Regisseur müssen sich das andere teilen. Dacia berichtet mit ihrem unverwechselbaren Lachen und Charme, wie Pasolini – auf der Flucht vor der Diva, die ihm zu nahe kommen will – nach kurzer Zeit heftig an ihre Tür klopft. Daraufhin teilen sich Alberto und Pier Paolo das eine, Dacia und Maria das andere Bett.

Dacia werde ich 1995 zu meinem Film »Elend und Ewigkeit. Pasolinis Rom« (für Arte und den WDR) – wie 1987 schon zu dem Feature »Man muss verzweifelt sein, um nicht zu verzweifeln. Alberto Moravia« (für das ZDF), anlässlich dessen achtzigsten Geburtstages – interviewen. Pasolinis Rom liegt weniger im *centro storico,* vielmehr werden die Vororte mit ihren Bewohnern Schauplatz und Thema seiner frühen Romane und Filme. Er spielt dort mit den Jungen Fußball und erlernt so ihre ganz eigene Sprache. Pasolini hat soeben seinen Job als Lehrer und die Mitgliedschaft in der KPI aufgrund einer Anzeige wegen Verführung Minderjähriger verloren und ist mit seiner Mutter von Friaul nach Rom geflohen. Sie arbeitet in der Ewigen Stadt als Putzfrau, er als Nachhilfelehrer. Alberto Moravia wird den jungen Dichter, der erste Bücher auf Friulanisch veröffentlicht hat, mit den großen Autoren und Regisseuren der römischen Szene bekannt machen, und so kann diese unvergleichlich reiche und rastlose Karriere beginnen.

Die Dreharbeiten mit Moravia werden zu einer ziemlichen Qual. Der alte Herr ist launisch und ungeduldig. Aber sobald die Kamera läuft, ist er ganz jung und erzählt von seinen frühen Romanen »Die Gleichgültigen« und »Der Konformist«, Meisterwerken der italienischen Literatur und unbedingt wiederzuentdecken. Die gestrenge polnische Haushälterin bringt uns kalte Getränke, und sein schöner Hund legt sich gleich neben mich. Es ist heiß in der ziemlich sterilen Wohnung am Lungotevere, und draußen schleicht stinkend der laute Verkehr vorbei. Während ich meine Fragen stelle, trommelt der Maestro unentwegt mit den Fingerkuppen auf dem Schreibtisch.

Rasant fährt Moravia mich in seinem Alfa durch die Stadt, zeigt mir »sein« Rom, und hinaus geht es nach Sabaudia ans Meer. Mussolini ließ diesen Badeort von seinen Architekten entwerfen und plante eine Achse von »EUR«, einem bis heute monströsen Vorort, bis hierher ans Meer.In Sabaudia bewohnten Moravia und sein Freund Pier Paolo ein Doppelhaus am Strand. Auf einem Foto sieht man mich neben dem weißhaarigen, braungebrannten alten Herrn in einem orange leuchtenden Hemd auf seiner Terrasse. Dahinter die Berge und das Mittelmeer in der Abendsonne. Am nächsten Tag geht es nach Capri, wo der preisgekrönte und in viele Sprachen übersetzte Autor mit Elsa Morante während des Krieges untergetaucht war.

Nach Sabaudia bin ich schon einmal zu Vorgesprächen gekommen. Es ist Mittag. Ich schelle, niemand macht auf. Ich gehe ums Haus und sehe durch die Terassentür, wie Moravia auf dem Sofa liegt und unter der ausgebreiteten »Repubblica« schläft.

»Man muss verzweifelt sein, um nicht zu verzweifeln« – nach Kierkegaard – ist Moravias Lebensmotto. Er erzählt mir beim Espresso, er hätte seinem jungen Freund Pier Paolo am liebsten eine Ohrfeige verpasst, als er am Morgen des 3. November 1975 erfahren muss, dass Pasolini bei Ostia ermordet worden ist. Wie ein Vater, der sein Kind ohrfeigt, weil es über die Straße gerannt ist.

Der Schriftsteller hat immer noch ein gutes Auge. Er ist ein brillanter Beobachter, mischt sich ein, streitet, ein linker Großbürger in einer Zeit, die lange vorbei ist. Die Linken in Italien haben längst sich selbst abgeschafft und die Bühne frei gemacht für das Unsägliche.

In Rom an der Piazza del Popolo lebt die Film-Regisseurin Lina Wertmüller. Ich treffe sie mehrfach auf ihrer Dachterasse hoch über der Stadt, führe mit ihr lange Interviews und will ein Buch über ihre Meisterwerke, wie »Mimi, Metallarbeiter, in seiner Ehre gekränkt«, »Liebe und Anarchie« oder »Die Siebenschönheiten« schreiben. Danach gehen wir runter in den »Bolognese« zum Mittagessen, am Nachbartisch Mario Adorf mit jungen Damen oder Charles Aznavour mit seiner Familie. Henry Miller hält Lina für »weit freimütiger, wagemutiger, couragierter als die meisten Männer«. Wohl wahr. Eine Anarchistin auch sie. Neben Liliana Cavani ist sie eine der ersten Regisseurinnen in Cinecittà.

In Florenz bleibe ich ein Jahr, im römischen Trastevere deutlich länger. Natürlich nicht allein aus beruflichen Gründen. Das schön nervende Chaos der italienischen Städte macht wunderbarerweise auch vor dem Innenleben keinen Halt.

Als die Gebrüder Taviani »Chaos«, die Verfilmung einiger Novellen von Luigi Pirandello, in die Kinos bringen, erfahre ich, dass sie auf Salina, einer der Liparischen Inseln, einen Wohnsitz haben. Dort erinnert man sich noch heute an den einen als äußerst großherzigen, den anderen als ziemlich knausrigen Zeitgenossen. Chaos bedeutet im Griechischen Grube, Schlund, Abgrund. Von solchem Chaos gezeichnet ist das Innere Siziliens, Heimat des Dichters Pirandello und Drehort des Meisterwerks der Taviani. Man lese Pirandello, der übrigens an der Universität Bonn studiert hat, genieße »Chaos« als Lektüre und Film und begebe sich an diesen magischen Ort. Nicht vergessen: »Mein Sizilien« von Leonardo Sciascia, der beste poetische Reiseführer durch die Geschichte und Geschichten dieser Insel. Sciascia, weltberühmt durch seine Mafia-Romane erweist sich hier als Seelenforscher Siziliens. Sciascia hieß eigentlich Schmitz und Moravia Pincherle, doch was klingt schließlich besser?

In der Fotokiste warten noch Bilder aus Agrigent, Südtirol, Postkarten mit Abbildungen der Maler der Renaissance, ein Schnappschuss von mir als Kind in Badehose auf der Via Thomas Mann in Forte dei Marmi und als Dreißigjähriger vorm Grand Hotel des Bains in Riccione. Dort treffe ich 1990 den Romancier Pier Vittorio Tondelli. Ich habe zwei seiner Bücher übersetzt. Tondelli, die Stimme einer lebenshungrigen, unbändigen Jugend, die in ihrer ungeheuer vitalen Sprache lebt und liebt, erzählt mir von seinem baldigen Tod und bittet mich, seine Krankheit in meinen Nachrufen nicht zu benennen. Ich halte mein Versprechen. Tondelli liebt Kreuzberg, die Jugend- und Punkbewegung, ein unbefangenes Leben, das ihm verwehrt bleibt.

Nach Salina fahre ich immer wieder, mache meist Station in Palermo, meiner Insel zwischen den Welten. Die Spanier waren hier, die Araber und die Deutschen auch. Mein erstes Couscous, Thun- und Schwertfisch genieße ich hier. Dann geht es mit dem Regionale nach Messina entlang der Strände, Müllhalden, toten Palmen, Liegestuhlreihen und Bauruinen. In Milazzo nehme ich das Aliscafo zu den Liparischen Inseln, seit 1982 immer im Gepäck die Gedichte von Pier Paolo Pasolini. Diese Lyrik bleibt unvergleichlich. Wie ein Arachäologe geht der Dichter durch seine Stadt und erspürt die Geschichte und Moderne zugleich. Bei seinem Nekrolog auf den ermordeten Freund nennt Moravia ihn den »bedeutendsten italienischen Dichter nach dem Krieg«. Und: »Dichter tötet man nicht!« Auf Salina mit Blick auf den Stromboli lese und schreibe ich immer im Frühjahr und Herbst, bringe befreundete Künstler hierher, und bei Pasta mit Kapern und einem Malvasia vergessen wir die Zeit.

1995 publiziere ich mein Buch »Wir sind alle in Gefahr. Pasolini, ein Prozeß«, für das der Dichter Günter Kunert, den ich bei einem Seminar in der Toskana kennengelernt habe, mir den Ernst-Barlach-Preis für Literatur verleiht. Uns wird eine über fünfunddreißgjährige Freundschaft verbinden. Im Barlach-Museum Wedel wird am Tag der Preisverleihung die Ausstellung der Pasolini-Fotoporträts von Dino Pedriali eröffnet. Seine Akt-Serie »Nudo di notte« und »Nudo di giorno« ist in meinem Buch veröffentlicht. Laura Betti, Protagonistin einiger Filme Pasolinis und nach dessen Tod selbsternannte »Witwe« und Chefin der Pasolini Foundation, will mich daraufhin nicht mehr in die Räume des Pasolini-Archivs lassen. Pasolini, verzweifelt, um nicht zu verzweifeln, kämpft mit den »Waffen der Poesie« um die Heiligkeit der Welt – auch und gerade als er seine Hoffnung auf die Jugend aufgeben muss, da er sie für konformistischer hält als die Väter-Generation, und an seiner Abrechnung mit Kirche und Staat, dem Roman »Petrolio«, arbeitet. »Petrolio« bleibt 1975 unvollendet. Hier will Pasolini die Namen der Täter nennen und wird auch deswegen ermordet. Die Tat soll bis heute unaufgeklärt bleiben.

In der Fotokiste schlummern noch viele Schätze. Ein Bild von Lina Wertmüller und mir nach der Verlehung des Silbernen Bären für ihren Film »Camorra« im Interconti in Berlin, ein Schnappschuss von Lucio Dallas Konzert in Düsseldorf, mein Lieblings-Cantautore bis heute. Dann ein Foto mit Klaus Wagenbach in seinen obligatorischen roten Socken bei einer Pasolini-Diskussion. Er nennt sich »Kafkas Witwe« und mich dementsprechend. Geirrt hat sich der Verleger allerdings, als er seinen Autor Pasolini einen »grünen Spinner« nannte. Seit sich die »Freibeuterschriften« so gut verkaufen, erinnert er sich hieran ungern. Und eine Aufnahme von einem der legendären Gartenfeste bei Hans Werner Henze in seinem Anwesen bei Rom. Auf dem Hügel gegenüber lebte die mäßig begabte deutsche Schriftstellerin Luise Rinser, ähnlich unmöglich verliebt in den Komponisten wie die Callas in Pasolini. Über die Rinser mache ich für RIAS-TV ebenfalls einen Film, und sie erweist sich als noch launischer als ihr römischer Kollege. Wesentlich erfreulicher das Foto mit Freunden aus Trastevere bei Alfredo, dem in Rom unangefochtenen »Re delle Fettuccine«. Irgendwo habe ich noch meine kleinen Publikationen in der Zeitschrift »Zibaldone« vom Piper Verlag, die vor langer Zeit, als Italien noch Konjunktur hatte, über das dortige Kulturleben Bericht erstattete. Und meinen Essay über Pier Vittorio Tondelli, erschienen in der italienischen Literaturzeitschrift »Panta«.

Nach Venedig, Florenz und Rom zieht es mich nicht mehr. Zu viele Erinnerungen und Bilder würden hier totgetrampelt. Aber heute nach dem Essen bei den »Due Emigranti« in Schöneberg könnte ich mir die großartige Verfilmung von Moravias Roman »Der Konformist« durch Bernardo Bertolucci mal wieder ansehen. Im kommenden Winter will ich nach Casarsa, dem Geburtsort Pasolinis, und sein Friulanisch erlernen. Und im Frühjahr geht es natürlich nach Salina. Ich werde Giorgio Bassanis Meisterwerk, den Roman »Die Gärten der Finzi-Contini«, zur erneuten Lektüre mitnehmen. Ein Buch der Stunde über den Untergang jüdischen Lebens. Und hier wagt Bassani wie ein Tondelli, in seiner Literatur endlich »ich« zu sagen. Genau wie Elsa Morantes Titelfigur Arturo in ihrem wunderbaren Roman »Arturos Insel«. Auch heute ein Geheimtipp.

Italien, das Land des »Konsumfaschismus«, wie Pasolini es bezeichnet hat, birgt »an den Ufern des Meeres, in dem das Leben wieder beginnt«, verschollene Schätze. Längst ist wieder Zeit für Archäologen.

* * *

Christoph Klimke

Finale

1

Noch einmal
mit der Metro
Richtung Cinecittà
am frühen Morgen
über dir Elend
und Ewigkeit
Paläste verbaute
Steppen Aquädukte

Kuppeln Hochhäuser
Numidio Quadrato
deine Station
der leere Bus schaukelt
achtlos durch Schluchten
der Himmel ein Laken
aus Dunst Papageien
wachen durstig
auf den Balkonen
ein Hund träumt
zwischen Mülltonnen
alles sei Traum
weiß jede Katze
im siebten Stock
riecht es
nach Büchern
im Herzen vergessen
»Arturos Insel«, »Petrolio«
der Tiber und
Monte Caprino
auf deiner Haut
Spuren Salz nicht
hörst du die Glocken
an diesem Sonntag
fliegt eine Fata Morgana
in deine Arme
komm mit
in meinen Schlaf
Lockt der Unbekannte
uns nach Ostia
die Wolken treiben
das Meer in die Nacht
werfe ich
eine Flaschenpost
sieh nur
ein Versprechen
schwimmt weit
draußen hängen wir
an diesem
gestirnten Leben

2

Einmal noch
schließt sich die Helle
über dem Hafen
von Milazzo
Schatten wachsen
aus braunen Palmen
Möwen zerhacken
Plastik neben dir
zwei Alte schwarz
verkleidet bepackt
Taschen Körbe
im Käfig ein Rabe
beäugt das müde
Treiben an diesem
Abend flirren Schemen
um die Liparischen Inseln
Limonen Oliven
Pistazien Safran
warten auf Kundschaft
unter dem Maulbeerbaum
bietet ein Junge
Milz Kalbslunge
und Käse feil
in bunten Lumpen
warten Gestrandete
auf Zuflucht
immer eingeschlossen
in dieser Hitze
plötzlich Wind
durch Luftoasen
wirbeln Papier
Gestrüpp nigendwohin
nähert sich in
Zeitlupe das Schiff
auf einer Bahre aus
seidenem Wasser verlieren
wir uns neigt sich
eine Liebe
keinem Ende

Perchè mi sfuggi?

Nach »Seltsames England« (2019) und »Ausflug nach Spanien« (2022) liegt nun bereits ein drittes wohlfeiles Taschenbüchlein mit Karel Čapeks wundervoll kurzweiligen Reiseberichten vor: »Briefe aus Italien«. Die Ausgabe bringt Erika Sangerbergs Übersetzung aus den sechziger Jahren, die uns aber noch immer frisch genug erscheint, den besonderen Witz des tschechischen Schriftstellers zu genießen, der auch als Übersetzer französischer Lyrik und als Fotograf hervortrat. Und mit Witz soll hier bitteschön die Gabe, etwas lustig, treffend, schlagfertig und dabei geistreich zu erzählen, verstanden werden. Leider muss man sagen, dass Čapek hierzulande offenbar ganz dringend einer Wiederentdeckung bedarf, denn auf Deutsch ist momentan nur »Das Jahr des Gärtners« lieferbar (und unbegreiflicherweise in sieben verschiedenen Ausgaben und drei Verlagen), aber sein schon sprichwörtlich gewordener »Krieg mit den Molchen« nur noch in einer Hörbuchfassung (wenigstens hervorragend gelesen von Ilja Richter, im Audio Verlag). Immerhin kündigt Elsinor für diesen Herbst eine Buchausgabe an … Und das ist alles ziemlich seltsam, wurden in den letzten Jahren doch immer wieder Theaterfassungen, mehr oder weniger frei nach der Romanvorlage, an deutschen Bühnen inszeniert (zuletzt 2022, allerdings als Klamauk, von Clara Weyde an der Berliner Schaubühne).

Im tschechischen Original erschienen die »Italské listy« 1923 – man mag es bei der Lektüre von Čapeks erstem Brief kaum glauben: »Auf Carpaccios Bildern sieht Venedig haargenau aus wie heute, nur ohne Touristen.« Die Stadt gefällt ihm auch sonst nicht, er sieht »hauptsächlich eine recht schlechte Gotik«, »architektonische Posamenterie« und vor allem eine große »Trödelbude«. Venedig sei »sämtlichen *souvenirs de Venise* störend ähnlich«: »Als ich zum erstenmal auf dem Markusplatz stand, war ich völlig verwirrt und konnte mich lange nicht von dem beklemmenden Eindruck befreien, dass all dies gar nicht wirklich, dass es ein Lunapark sei, in dem *Eine Nacht in Venedig* gegeben werden sollte.« In Padua und Ferrara sind es die Fahrräder, die Čapek stören, Ravenna ist ihm »an und für sich eine halbtote Stadt ohne eigenen Charakter«, in San Marino verschlingt er wenigstens genüsslich »ein Beefsteak in Öl und einen Ziegenkäse«, und in Florenz will er nicht über Kunst sprechen: »Es gibt hier fast zuviel davon« (außerdem sei die Stadt »schrecklich von Fremden verseucht«). Angetan ist er von Siena, der »ungemein lieben kleinen Stadt, sie sitzt auf drei Hügeln und lächelt« – und noch mehr von Orvieto, das sich »auf die Platte eines

Felsentisches gesetzt hat, der aus der Erde in eine ungeheure Höhe ganz steil emporgekrochen ist«. Hier begegnet er auch der »ersten Frau von wahrhaft bezaubernder Schönheit«: einer Japanerin … Und Roms antike Bauten? »Das Kolosseum ist barock. Das ganze kaiserliche Rom ist augenfällig barock […] Rom hat mit der Antike so wenig gemeinsam wie die Nikolandergasse in Prag.« Aber Neapel doch? »Guck dir alles mit tschechischen Augen an […] nach einer Weile wird dir übel.« Palermo? »Die schmutzigste Stadt.« Na gut, aber der Hafen von Genua? »Ein überfüllter Kuhstall.« Der Mailander Dom! »Eine ungeheuer große Marmorartischocke.« Und unterm Strich ist Čapek alles hier »zu heiß und zu teuer«. In einem Abschlussbrief schämt er sich, vergessen zu haben, »über die Mehrzahl der interessanten und bedeutenden Dinge zu sprechen«, und bittet um Entschuldigung: »Ich schrieb in der Nacht.«

Wir nehmen die Entschuldigung natürlich an (haben über die »interessanten und bedeutenden Dinge« ja bereits anderswo gelesen), geben zu, uns prächtig amüsiert zu haben, und hoffen nun sehr, dass der Verlag auch »Liebenswertes Holland«, »Reise nach dem Norden« und »Bilder aus der Heimat« wiederauflegt. I. D.

Karel Čapek: Briefe aus Italien. Aus dem Tschechischen von Erika Sangerberg. Bearbeitet von Christoph Blum. Basel: Lenos Verlag, 2024, 112 S., € 12. ISBN 978-3-85787-841-1.

Nuovo delitto? E' necessario!

Für Adepten der Kriminalliteratur wird Venedig ohne Guido Brunetti und Sizilien ohne Salvo Montalbano heute kaum vorstellbar sein. Mittlerweile kann man sogar touristische Rundgänge »auf den Spuren des Commissario« durch die Lagunenstadt oder in der Umgebung von Ragusa buchen, wo Donna Leons bzw. Andrea Camilleris erfolgreiche Romanserien angesiedelt und auch verfilmt worden sind. Mit »Feuerprobe« (Zürich: Diogenes, 2024) kam jetzt zudem Brunettis dreiunddreißigster, mit »Ein tiefer Blick in die Seele« (Köln: Lübbe, 2023) Montalbanos sechsundzwanzigster Fall auf die Büchertische. Der anhaltende Erfolg inspiriert bis heute die Programmmacher vieler Verlagshäuser, ähnliches zu unternehmen – und wenn sich keine italienischen auftreiben lassen, erfindet man wenigstens wohlkingende Namen für (zumeist) lieber anonym bleibende deutsche Autoren(teams): Seit einiger Zeit ermitteln so nun Dino Minardis »Commissario Pellegrini« am Comer See (Kampa), Gianna Milanos »Commissario Tasso« in Rom (Lübbe), Matteo De Lucas »Commissario Luccarelli« auf Elba (Piper), Luca Fontanellas »Sergio Panda« in Volterra (Goldmann) und Antonello Rossis »Commissario Scotti« im toskanischen Montecatini (Blanvalet). In Triest dagegen wirkt »Commissario Laurenti« (Piper), dessen Autor Veit Heinichen sich genauso wenig hinter einem Pseudonym versteckt wie Sabine Steck, die kürzlich eine »Emma Ferrari« erfunden hat – die allerdings ermittelt in Bayern (Rowohlt). In Rom wiederum sucht der von der Stuttgarter Autorin Patrizia Zannini geschaffene »Commissario Leone« die Verbrecher (Piper), in der Toskana eine »Signora Commissaria Giulia Ferrari« des Münchner Pietro Bellini (Knaur); und in Verona ermitteln der »Commissario Fontanaro« der Münchnerin Marta Donato (Rowohlt) sowie die »Commissaria Rossi« der Berlinerin Cincia G. Agostini (epubli) … Diese Autoren scheinen immerhin italienische Wurzeln zu haben! Aber auch anderswo stellt *il bel paese* einen beliebten Kriminalschauplatz dar: So geht z. B. der »Commissario Conti« des portugiesischen Autors Carlos Ávila de Borba am Gardasee auf Verbrecherjagd (Gmeiner).

Neben all den Commissari kann man nun auch Fabio Stassis Detektiv Vince Corso auf dessen Spurensuche begleiten – und dieser sticht (wie sein soeben mit dem Hermann-Kesten-Preis des deutschen PEN ausgezeichneter Autor) vornehm aus der Masse heraus: Mit dem Roman »Ich töte wen ich will« (2022) hat ihn der (ebenfalls gerade preisgekrönte) Karlsruher Verlag Edition Converso vor kurzem im deutschsprachigen Raum eingeführt. Corso, ein frühpensionierter Gymnasiallehrer für Italienisch und Geschichte, arbeitet als »Bibliotherapeut« und empfängt in einer Dachwohnung in der Via Merulana in Rom seine meist weiblichen Patienten, denen er zur Behandlung ihrer zuweilen bizarren Krankheiten Bücher verschreibt. Im gerade erschienenen Roman »Die Seele aller Zufälle«, dessen sechsundzwanzig Kapitel mit den Buchstaben des Alphabets versehen sind – die den Leser natürlich daran erinnern, dass alles Geschriebe aus unzähligen Kombinationen eben jener Zeichen besteht –, bekommt Corso Besuch einer älteren Dame, die den »Rat eines Spezialisten« benötigt: »Wenn ich Ihnen zusammenhanglose Sätze diktieren würde, könnten sie daraus auf den Roman schließen, in dem die Sätze vorkommen?« Das muss den bibliophilen Corso reizen, zumal ihn die »zusammenhanglosen Sätze«, die der Bruder der Dame – ein an Alzheimer erkrankter Weltreisender mit einer gewaltigen Bibliothek – ständig wiederholt, an eine seiner Unterrichtsmethoden erinnern: die »caviardage«, bei der die Schüler einen Text zerstören dürfen, dem sie eigentlich »heiligen Respekt zu schulden« hätten. Mit einem dicken schwarzen Stift löscht man dabei zeilenweise ganze Passagen, lässt aber einzelne Wörter stehen, die, hintereinander gelesen, einen Sinn ergeben müssen – und bestenfalls die Quintessenz des so »kaviarisierten« Textes enthalten. Natürlich glaubt Corso der Dame nicht, dass es ihr nur darum gehe, jenes Buch zu finden, aus dem sie ihrem Bruder vorlesen möchte, um dadurch seine Demenzerkrankung zu verlangsamen. Der Detektiv vermutet in den Sätzen vielmehr eine Art Schlüssel zum Testament und zu den verschwundenen Millionen des Alten – schließlich übergibt die Dame Corso, ohne ihm die Möglichkeit zu geben, den Auftrag abzulehnen, einen exorbitant hohen Vorschuss auf sein Honorar.

Nun, das erinnert in der Anlage irgendwie an Roman Polanskis Mystery-Thriller »Die neun Pforten« (The Ninth Gate, 1999), in dem Johnny Depp als Antiquar Dean Corso (lector, respice nomen!) von einem Verlegermillionär den Auftrag bekommt, ein okkultes Buch aufzuspüren, und dabei einer Sekte von Teufelsanbetern in die Quere kommt … Vince Corso ist, wenngleich wie Dean Corso heillos biblioman, ganz anders als jenem im Laufe seines Lektürelebens sämtlicher Ordnungssinn abhanden gekommen: Seine Wohnung quillt vor Büchern regelrecht über, und er muss jede Suche nach irgendeinem Exemplar, von dem er ganz genau weiß, dass er es besitzt, frustriert aufgeben. Noch dazu ist Corsos Gedächtnis »überschwemmt von Inhaltsangaben, Frontispizen und Buchrückentexten« – keine gute Voraussetzung, die gestellte Aufgabe zu lösen. Und das Internet hilft auch nicht. Bei seiner Detektivarbeit gerät Corso immer tiefer in ein Bibliolabyrinth, wähnt sich verfolgt, befürchtet Verbrechen, findet in der Bibliothek des Demenzkranken weiteres Rätselhaftes … aber wir werden nichts verraten.

Der Roman ist – wie könnte es auch anders sein? – voller literarischer Anspielungen und (versteckter) Zitate aus der gesamten Weltliteratur (von Homer über Athanasius Kircher und Cosimo Rosselli bis Elias Canetti, Thomas Bernhard und sogar Leo Lionni) und enthält auf zehn Seiten Anhang noch »Lektüreempfehlungen von Vince Corso«, darunter, was uns ganz besonders erfreut: Dino Campana! Ein außergewöhnliches Lektüreerlebnis im längt unüberschaubaren und immer noch weiter anschwellenden Meer der Kriminal- und Detektivromanserien. I. D.

Fabio Stassi: Die Seele aller Zufälle. Detektivroman. Aus dem Italienischen von Annette Kopetzki. Karlsruhe: Edition Converso, 2024, 288 S., € 24. ISBN 978-3-949558-30-6.

Si colmi i calice …

»Ein gewisser Kamelhirte, oder, wie andere sagen, ein Ziegenhirte, beklagte sich, so will es die im Orient weit verbreitete Überlieferung, bei den Mönchen eines Klosters in der Region Jemen, die auch ›Glückliches Arabien‹ genannt wird, dass seine Tiere […] des Nachts wach blieben […] und ungewöhnliche Sprünge vollführten. Der Prior jenes Klosters, von Neugier getrieben, nahm an, dass dies dem Weidegrund geschuldet sei, darum untersuchte er gemeinsam mit einem Mitbruder aufmerksam den Ort, wo die Ziegen oder Kamele in der Nacht, als sie so zu hüpfen begannen, geweidet hatten, und fand einen kleinen Busch, von dessen Früchten, oder besser gesagt Beeren, sie gefressen hatten. Der Prior wollte die Wirkung dieser Früchte selber ausprobieren, weshalb er sie in Wasser zum Kochen brachte, und umgehend am eigenen Leib erfuhr, dass das so hergestellte Getränk dazu führte, die ganze Nacht wach zu bleiben. Darum befahl der Prior den Mönchen, dass sie sich jeden Tag diesen Trank zubereiteten zum Zwecke der nächtlichen Vigilien, auf dass sie bereitwilliger an den Gebeten teilnähmen.«

Antonio Fausto Naironi (1635–1707), der diese schöne Legende in seinem kürzlich zum ersten Mal ins Deutsche übersetzten »Discursus« über den Kaffee wiedergibt, wurde als Mehrej Ibn Nimrûn in eine Familie maronitischer Christen im Libanon geboren. Er war weder Botaniker noch Arzt, sondern Theologe und lehrte fast dreißig Jahre lang am Collegium La Sapienza in Rom. Aus der Liste seiner historiografischen, sprach- und religionswissenschaftlichen Publikationen sticht die kleine Schrift über die »gesundheitsfördernde Wirkung« des Kaffees aufgrund ihres Titels zunächst irritierend heraus – mit der Legende im Hinterkopf wird man sie aber als Beitrag zum Lob Gottes zu verstehen haben, »der uns Tag für Tag ein neuartiges Mittel darreicht, um uns unversehrt und gesund zu erhalten«.

Naironi war zwar nicht der erste Europäer, der den Kaffee erwähnte – bereits ein knappes Jahrhundert vor ihm schrieb der schwäbische Naturforscher und Entdeckungsreisende Leonhard Rauwolf (1535–1596) über jenes »gut Getränck [...] chaube [...] genennet, das ist fast so schwartz als wie Dinten«, woran der Herausgeber und Übersetzer, Rafael Arnold, Professor für Romanistik an der Universität Rostock (und gebürtiger Schwabe) in seiner ganz vorzüglichen Einleitung erinnert. Dass Rauwolfs Reisebericht kaum rezipiert wurde, muss wohl an dem gewählten, zumal stark landschaftlich gefärbten Idiom gelegen haben. Naironis lateinische Abhandlung hingegen war die erste, die sich *ausschließlich* dem Kaffee und überdies in systematischer, ja: *wissenschaftlicher* Herangehensweise widmete – aber nicht nur darin liegt die Besonderheit dieser Publikation.

Nach dem unvermeidlichen Fürstenlob (hier seines Herrn, des römischen Kardinals Giovanni Nicola dei Conti) und dem Verweis darauf, »dass »dieses neuartige Getränk, der Kaffee, inzwischen in ganz Europa verbreitet und nun auch in der Stadt Rom, zum Schrecken einiger Menschen«, eingenommen werde, beginnt Naironi zunächst von den bekannten »Wundern der Natur« zu sprechen, die den Ärzten seit der Antike die Behandlung von Kranken erleichterte: vom Kretischen Diptam und seiner Nützlichkeit beim »Herausziehen von Pfeilen«; vom »Schöllkraut«, das »sehr gut für die Sehkraft« sei; vom Aderlass, den man dem Nilpferd, und vom Klistier, den man dem Ibis abgesehen habe; sowie vom vipernvergifteten Wein, der von Lepra heile – alles »durch Zufall und Vorsehung« entdeckt, genauso wie der Kaffee.

Im Folgenden geht Naironi auf den regional ganz unterschiedlich ausgesprochenen arabischen Namen der Frucht ein, die »*Ban* oder *Ben* oder *Bon* oder *Bun* genannt« werde (woraus vermutlich unser Wort für die Kaffee-»Bohne« wurde), beschreibt ihre »zwei Hülsen« und widmet sich anschließend der Zubereitung und dem Genuss des Getränks: »Man schlürft es tropfenweise aus Tassen oder Schalen« und »üblicherweise […] nicht auf nüchternen Magen«. Nach Hinweisen darauf, »wie sich das Kaffeetrinken laut Reiseschriftstellern verbreitet« habe, nimmt sich Naironi im größten Kapitel dessen an, »was die gelehrten Autoren über dieses Getränk erörtern«: Er stützt sich dabei vor allem auf die Ausführungen des venezianischen Botanikers Prospero Alpini (1553–1617), der Berichte des persischen Arztes Avicenna (980–1037) über die Wirkung des Kaffees zitiert (und dem Naironi, des Arabischen mächtig, Übersetzungsfehler nachweist), sowie des deutschen Mediziners Johannes Wesling (1598–1649) – beide schätzten den Kaffee vor allem als Medizinalpflanze.

Naironi zitiert des weiteren den Niederländer Jan van Cootwijk († 1629), der in seinen Reiseberichten schrieb, die Türken seien »ganz verrückt« nach Kaffee, und jeder nehme ihn »in der Öffentlichkeit« und »unbeschadet seines Standes oder seiner Religion« zu sich; den römischen Forschungsreisenden Pietro della Valle (1586–1652), der berichtete, dass der Kaffee »der Gesundheit förderlich sei, die Verdauung erleichtere, den Magen stärke und die schleimigen Absonderungen bei Katarrh verringere«; sowie den Malteser Philosophen Domenico Magri (1604–1672), der u.a. behauptete, der Kaffee »unterdrücke außerdem den Geschlechtstrieb« und »halte die Keuschheit aufrecht«. Überraschen mag Naironis Hinweis, in England habe »die Erfahrung gelehrt, dass der Genuss dieses Getränks dem Königreich sehr genutzt hat, insbesondere bei […] einer Krankheit […], die von den Engländern *Scuroy* [i.e. *scurvy*, also: Skorbut] genannt wird«. Naironi versichert schließlich, er habe einige dieser guten »Eigenschaften und Wirkungen des Kaffees […] am eigenen Leibe verspüren« können, und nennt eine Reihe ihm bekannter Zeitgenossen, die sie ebenfalls bezeugen könnten, um bestehenden Vorbehalten entgegenzuwirken.

Naironi geht außerdem darauf ein, dass die »schwarze Farbe und der bittere Geschmack des Getränks nicht von seiner Natur abhängen, sondern von der Röstung der Bohne«, und sieht in den klimatischen Unterschieden Gründe für die regional durchaus gegensätzlichen Arten, den Kaffee zuzubereiten: So werde im heißeren Ägypten »für das Getränk meist nichts als die Schalen [Hülsen] verwendet«, während man in Syrien im Winter den Kaffee »nicht aus den Hülsen kocht«.

Arnolds Übersetzung ist klar und ganz nah am lateinischen Original, sie vermeidet Archaismen und Neologismen, sie glättet nirgends und präsentiert dem deutschen Leser einen flüssigen und sofort verständlichen Text. Er ist mit dem lateinischen Seite für Seite korrespondierend gesetzt, so dass der schnelle Vergleich mit dem Original stets möglich bleibt. Den einzelnen durch Initialen gekennzeichneten Abschnitten hat Arnold – in hübsch barocker Manier – zusammenfassende Überschriften gegeben, die die Orientierung im Text erleichtern. In seinem Kommentar erläutert Arnold einerseits Naironis Text akribisch und auf der Grundlage des heutigen Forschungsstandes. Andererseits geht er – und dabei wohltuend kurzweilig – weit über diesen hinaus: Er referiert den atemberaubenden Siegeszug, den der Kaffee seit seinem Bekanntwerden durch Europa genommen hat; er behandelt die gleich zu Beginn einsetzende wissenschaftliche Debatte über die Nützlichkeit bzw. Schädlichkeit des Kaffeegenusses, die in einer unüberschaubaren Flut an Publikationen bis in unsere Zeit anhält; er erinnert an die »Kaffee-Manie« des 18. Jahrhunderts gleichermaßen wie an despektierliche Äußerungen über den »Türkentrank«; und er versäumt auch nicht, den »triumphierenden« Einzug des Kaffees ins »Reich der Literatur und Musik« anhand einiger Beispiele zu illustrieren.

Das Büchlein, eine schöne fadengeheftete Klappenbroschur, passenderweise mit kaffeebraunem Vorsatz versehen, ist eine exquisite Einführung in die Geschichte des Kaffeegenusses. I. D.

Antonio Fausto Naironi: Vom Kaffee und seiner gesundheitsfördernden Wirkung. De saluberrima potione cahue, seu cafe nuncupata discursus (Rom 1672). Aus dem Lateinischen übers. u. komment. von Rafael Arnold. Heidelberg: Manutius Verlag, 2023, 120 S., € 19,80. ISBN 978-3-944512-38-9.

O figli, o figli miei!

Im Jahre 1884 wurde Neapel von einer fürchterlichen Choleraepidemie heimgesucht, bei der innerhalb kürzester Zeit über 7000 Menschen starben. Vor allem diejenigen waren betroffen, die in den engen, schmutzigen und heruntergekommenen Häusern und Gassen der Altstadt ohne Wasseranschluss lebten. Durch die öffentlichen Brunnen verbreitete sich die Epidemie in einem bislang nicht bekannten Ausmaß und traf vor allem die ärmste Bevölkerung. Der Bürgermeister der Stadt bat den Ministerpräsidenten Agostino Depretis um Hilfe, und es wurde beschlossen, »Neapel auszuweiden«: die Stadt zu sanieren, Häuser abzureißen und neue Straßen zu bauen, damit die Neapolitaner künftig in hygienischeren Zuständen würden leben können.

Die neapolitanische Journalistin und Schriftstellerin Matilde Serao, zu diesem Zeitpunkt in Rom lebend, beschreibt in ihren 1884 unter dem Titel »Il ventre di Napoli« erschienenen Kolumnen die katastrophalen Verhältnisse in den innerstädtischen Vierteln und kritisiert die Vorhaben der Stadterneuerung: »Neapel ausweiden? Glauben Sie wirklich, das wird reichen? Geben Sie sich wirklich der Illusion hin, dass der Abriss und Neubau von drei, vier Straßen in den Armenvierteln genügt, um die Stadt zu retten?« Natürlich reicht es nicht. In ihren in diesem Band wie in den späteren Auflagen ebenfalls enthaltenen, zwanzig Jahre nach der Epidemie verfassten Artikeln stellt Serao fest, dass »all die großen Ideen der großen Männer, all die umfassenden Projekte, die Millionen-Projekte, all die kolossalen Unternehmungen, die die hygienische und moralische Sanierung Neapels im Sinn hatten, gescheitert« sind. Sie entlarvt die vorgenommenen Maßnahmen als kosmetische Scheinlösungen.

Der nun erstmals von Ulrike Schimming ins Deutsche übersetzte Band »Der Bauch von Neapel« ist – neben dem Roman »Das Schlaraffenland« von 1891 – Matilde Seraos berühmtestes Werk. Und die Lektüre dieses Klassikers der Neapel-Literatur ist auch 140 Jahre nach dessen erstem Erscheinen absolut empfehlenswert.

Matilde Serao wurde 1856 im griechischen Patras geboren, als Tochter einer Griechin und eines Neapolitaners, der aufgrund seiner anti-bourbonischen Haltung und der politischen Verfolgung im griechischen Exil lebte. Nach dem Sturz des Bourbonenkönigs Franz II. kehrte er mit seiner Familie 1860 nach Neapel zurück. Matilde Serao erlangte ein Lehrerinnendiplom, arbeitete als Telegrafistin und schrieb für neapolitanische Zeitungen. 1882 ging sie nach Rom, arbeitete dort bei verschiedenen Zeitungen und veröffentlichte 1883 daneben ihren ersten Roman, »Fantasia«. 1885 heiratete sie den Journalisten Edoardo Scarfaglio und gründete mit ihm zusammen im gleichen Jahr die Tageszeitung Corriere di Roma, die jedoch 1887 schließen musste. Zusammen mit ihrem Mann und ihren Kindern kehrte Serao nach Neapel zurück, arbeitete dort zunächst auch in einer Redaktion und gab mit Scarfoglio die Zeitung »Il Mattino« heraus. Nach der Trennung von ihrem Mann rief sie 1904 die Tageszeitung »Il Giorno« ins Leben, die sie bis zu ihrem Tod 1927 mit großem Erfolg leitete. Matilde Serao veröffentlichte über vierzig Bände mit Romanen, Novellen, Reportagen und Reiseberichten und ist die erste Frau, die in Italien eine Zeitung gründete und leitete.

In einer ihrer Kolumnen, »Der Rione della Bellezza«, bezeichnet sich Serao als »skeptische und pessimistische Chronistin«. Doch sie ist weit mehr als eine Chronistin. Wie Ulrike Schimming in ihrem Nachwort treffend schreibt, schafft Serao »ein Porträt ihrer Stadt, eine stilistische Mischung aus Reportage und Sittengemälde, aus anthropologischen Skizzen und Dialogen«.

Serao schildert sehr plastisch und drastisch, aber voller Verständnis und Mitgefühl, wie die Menschen in den Elendsvierteln wohnen, was sie verdienen, was sie essen, wovon sie jede Woche wieder neu träumen. Sie beschreibt die Existenzbedingungen der Dienstmädchen, der Pizzabäcker, der Wasserverkäufer, der Kinder, Mütter, Alten und Kranken und erzählt vom Aberglauben und von der Lottoleidenschaft – nie romantisierend, aber immer mitreißend.

Zwanzig Jahre nach den großen Bauvorhaben und Versprechungen stellt Serao fest, dass sich nicht viel geändert hat, wenn man die schönen großen Straßen verlässt und »hinter den Paravent« schaut. Die neuen Wohnungen sind unerschwinglich, und es entstehen wahnwitzige Spekulationsprojekte. Seraos Buch ist eine spannende Lektüre und wunderbare Entdeckung nicht nur für Neapelreisende, und manch eine der darin zu findenden Bemerkungen wirkt auch heute noch sehr aktuell: »Wer wird behaupten, dass es kein Geld für Kindergärten, Schulen, Parks, Stadtreinigung und Bewässerung gibt, wenn unzählige Luftschlösser geplant werden, eins teurer als das andere?«

BRITTA JÜRGS

Matilde Serao: Der Bauch von Neapel. Literarische Kolumnen. Aus dem Italienischen von Ulrike Schimming. Wiesbaden: S. Marix Verlag, 2024, 192 S., € 22. ISBN 978-3-7374-1239-1.

Al venir di questa notte!

Fortunio, jung, mittellos, ist zusammen mit seinem Ziehvater Duti nach Florenz gekommen, wo er Clarice, der Tochter des reichen Bürgers Vanni, begegnet. Beide verlieben sich ineinander, aber eine Verbindung ist unmöglich, weil der Standesunterschied einfach zu groß ist. Nun will Fortunio Fakten schaffen, die eine Heirat erzwingen könnten, und bittet Granchio (die titelgebende Figur »Krebs«), ihm dabei zu helfen. Jener, ein ausgemachtes Schlitzohr, das sich gern allen Parteien andient, um den größtmöglichen Vorteil für sich selbst herauszuholen, ersinnt einen Plan, um ein nächtliches Stelldichein einzufädeln. Zum Schein verrät er Clarices Vater Vanni das Vorhaben, und rät diesem, Fortunio im Garten aufzulauern. Die Amme lässt ihn derweil ins Haus … Natürlich werden wir hier nicht weiter den Inhalt nacherzählen, aber doch noch dies eine, witzige Detail: Ein Einbrecher, der von Vannis Abwesenheit erfahren hat, ist in derselben Nacht auch am Werk … Also: Eine gleichsam spannende wie äußerst amüsante Verskomödie ist hier anzuzeigen!

Und wir fragen uns, warum der Autor dieser gleichsam spannenden wie äußerst amüsanten Verskomödie, Lionardo Salviati (1540–1589), heute völlig vergessen ist. Schließlich war der Mitbegründer der Accademia della Crusca (1582) einmal für seine Lobrede auf die florentinische Sprache geradezu berühmt. Auf Deutsch war sein »Krebs« (1566) noch nie zu lesen, dank Rolf Lohse und dessen »Verlagslabor«, in dem er nun als Band 1 in der Reihe »500« (da ist also noch einiges zu erwarten) erschienen ist, steht er uns nun endlich zur Entdeckung bereit. Der Übersetzer hat ihm eine kundige (wenngleich etwas überfrachtete) Einleitung und gleich auch noch das italienische Original (in der zeittypischen Orthografie) mitgegeben – das erdrückt den interessierten Laien fast –, und der Umschlag ist auch nicht sonderlich hübsch (schwarzes Softcover, weiße Schrift) oder wenigstens originell verziert (mit einem Krebs!), und das Druckbild ist leider miserabel. Aber die Übersetzung, die ja doch das Wichtigste ist, liest sich wunderbar.

Wollen wir also abschließend diese Unternehmung loben und ihr viele Leser und eine baldige Inszenierung wünschen. I. D.

Lionardo Salviati: Il Granchio – Der Krebs. Komödie. Übersetzt und eingeleitet von Rolf Lohse. Bonn: Verlagslabor, 2024, 312 S., € 27. ISBN 978-3-98893-101-6.

Gli oppressi corriamo a salvar

Dass Rom nach der Landung der Alliierten 1943 zur »offenen Stadt« erklärt, also nicht mehr verteidigt wurde und deshalb auch nicht mehr angegriffen werden durfte, ist wohl durch Roberto Rosselinis Spielfilm »Roma città aperta« (1945) weithin bekannt geworden. Jener Erklärung waren seit 1940 drei gleichlautende vorausgegangen – aber sie hatten die Bombardements der Westalliierten nicht verhindern können.

Florenz erging es ganz ähnlich: Als mit den herannahenden alliierten Truppen im Sommer 1944 beiden Seiten deutlich wurde, welcher Gefahr die Kunst- und Kulturgüter der »culla del Rinascimento« ausgesetzt waren, erklärten die Deutschen sie zur »offenen Stadt« und begannen mit ihrem Rückzug. Allerdings beließ man manche Truppenteile eben doch am Arno und zerstörte zudem Eisenbahnanlagen sowie Elektrizitäts- und Telefonleitungen. Der Kardinal Dalla Costa und auch der deutsche Konsul Wolf intervenierten zwar, jedoch ohne Erfolg. Man kann also leicht nachvollziehen, warum die Alliierten den Verlautbarungen des Kriegsgegners keinen Glauben schenken konnten, und auch die italienische Resistenza sah in ihnen reine Propaganda. Die Sprengung der Arno-Brücken (mit Ausnahme des Ponte Vecchio) unmittelbar vor der Ankunft britischer Truppen sowie der Häuserkampf am Stadtrand von Florenz taten ein Übriges.

Im August 1944 besetzte die Wehrmacht u. a. den nördlich gelegenen Hügel bei Fiesole, wo auch die Schriftstellerin Hanna Kiel (1894–1988) lebte. Als promovierte Kunsthistorikerin war sie 1939 zu Forschungszwecken hierhergekommen, nachdem ihr Emigrationsversuch in die Vereinigten Staaten gescheitert war. Ernst Toller, Hermann Kasack, Eugen Roth, Annemarie Schwarzenbach, Erika und Klaus Mann sowie Renée Sintenis zählten zu ihren Freunden (über letztere hatte sie 1935 eine bis heute gültige Monografie vorgelegt), sie hatte für den Verleger Kurt Wolff gearbeitet, Bücher illustriert, dann eigene Romane und Erzählungen geschrieben, aus dem Italienischen übersetzt, war Mitarbeiterin bei verschiedenen Frauenzeitschriften und konnte sich bis in die vierziger Jahre hinein eine kritische Haltung zum Nationalsozialismus bewahren. Jetzt wurde sie zur Augenzeugin von Besatzung und Belagerung, von Verteidigung und Befreiung.

Die von ihr bewohnte Villa in der Nähe von Fiesole wurde von der Wehrmacht beschlagnahmt, die von dort aus Nachbarhäuser beschoss, in denen sich Partisanen verschanzt hielten. Die mehrsprachige Kiel verpflichtete man zu Übersetzungsdiensten. Und in dieser Mittlerrolle »erfasste sie schnell«, wie die Herausgeberin Eva-Maria Thüne in ihrem Nachwort zur »Schlacht um den Hügel« schreibt, dass einerseits die Italiener »nicht alle Opfer«, und andererseits »die deutschen Soldaten nicht alle schonungslose Täter« waren. Ihre Aufzeichnungen wollte Kiel dabei nicht als Erzählung verstanden wissen, sondern als »Chronik« jener einunddreißig schicksalhaften Tage, in denen Florenz am Abgrund stand – und doch erscheinen sie uns wie ein Stück Literatur.

Die Autorin beschreibt akribisch und distanziert und dennoch in einfühlsamer Weise, wie die einen »sich niederducken«, während die anderen »von ihren Panzerwagen abspringen«; wie die einen sich mit den Besatzern arrangieren können, während die anderen sich verstecken müssen; wie plötzlich und unvorhersehbar »Kadavergehorsam« und Menschlichkeit sich abwechseln; wie der Zufall und das Glück über Leben und Tod entscheiden; und wie viele Facetten das Dasein als Soldat haben kann: vom gewaltbereiten Unteroffizier über das »Kind in Uniform mit friebrigen Abenteueraugen« bis hin zum Deserteur und Überläufer. Ihr gelingt eine mitreißende und trotzdem immer objektiv wirkende Erzählung, die die bedrückende Atmosphäre unterm Trommelfeuer der Belagerung auch heute noch nachvollziehbar macht.

Hanna Kiel ist auch nach der Befreiung in Fiesole geblieben und hat sich bis in die sechziger Jahre hinein darum bemüht, die zeitgenössische italienische Literatur an deutsche Verlage zu vermitteln, sie schrieb in der Zeitschrift »DU« über Italien und gab die Anthologie »Italien erzählt« (1962) heraus. Heute ist sie als Autorin weitgehend vergessen – völlig zu Unrecht, wie wir meinen. I. D.

Hanna Kiel: Die Schlacht um den Hügel. Eine Chronik aus Fiesole im August 1944. Hrsg. und mit einem Nachwort von Eva-Maria Thüne. Berlin: Aviva Verlag, 2024, 160 S., € 20. ISBN 978-3-949302-23-7.

Studia il passo, o mio figlio

Der Gewinner des Premio Strega 2022, Mario Desiati, dürfte im deutschsprachigen Raum einigermaßen bekannt sein, obwohl sein Roman »Zementfasern« (2012) als gedrucktes Buch leider vergriffen ist. Darin hat der 1977 in der apulischen Kleinstadt Locorotondo bei Bari geborene Jurist die sozialen Auswirkungen der Arbeitsmigration, die seine Heimat in den siebziger Jahren kennzeichnete, erzählerisch umgesetzt. Desiati hat einige Zeit in Berlin gelebt, das auch in seinem neuesten und mit dem angesehensten italienischen Literaturpreis ausgezeichneten Roman »Spatriati« eine nicht ganz unwichtige Rolle spielt. Aber von vorn: Claudia und Francesco, zwei im apulischen Kaff Martina heranwachsende Jugendliche mit symbolträchtigem Äußeren – er: südländischer Teint, zurückhaltend, religiös verwurzelt; sie: rothaarig, hellhäutig und rebellisch –, fühlen sich genau so, wie die anderen sie auch despektierlich bezeichnen: als »spatriati«, Ziellose, Außenseiter, Spinner. Aber während Claudia schon bald ihren Wunsch, wegzugehen, in die Tat umsetzt, bleibt Francesco lange zögernd. Und während er es nicht einmal wagt, seine Liebe zu Claudia zu artikulieren, kommt sie nicht einmal auf die Idee, dass zwischen ihnen mehr als unverbrüchliche Freundschaft sein könnte – nein, schlimmer: Sie erzählt dem Ärmsten von ihren sexuellen Erlebnissen. Und dann werden die beiden auch noch wie Geschwister aneinandergebunden: Francescos Mutter ist nämlich die heimliche Geliebte von Claudias Vater! Aber noch nicht genug der Verwicklungen: Claudia provoziert den Unmut aller, indem sie mit dem ortsbekannten »signorino«, einem über fünfzigjährigen Junggesellen und Nichtsnutz, ein Verhältnis eingeht, und Francesco hat ein zart homoerotisches Erlebnis mit einem Jungpfarrer. Seite um Seite demontiert Desiati das Bild von der gut katholischen Gesellschaft, die nach außen hin Moral predigt, innen aber längst völlig verrotet ist. Claudia und (später auch) Francesco fliehen nach Berlin, das ihnen unendliche Freiheit verspricht. Was die beiden dort tun, können sich die in Martina über sie weiter Lästernden natürlich nicht ausmalen, und auch wir müssen uns (allerdings nur mangels Platzes) in Zurückhaltung üben. In den Clubs der anonymen Großstadt finden sie freilich alles, nur nicht ihr Glück, denn: »Unsere Herkunft haftet an uns wie ein riesiges Muttermal, du kannst es so sehr bedecken, wie du willst, es bleibt doch immer da.«

Ein Roman voller Lebenslust und Lebensleid, voller literarischer Anspielungen und voller Poesie. Und von Martin Hallmannsecker ausgezeichnet übersetzt. I. D.

Mario Desiati: Spatriati. Roman. Aus dem Italienischen von Martin Hallmannsecker. Berlin: Verlag Klaus Wagenbach, 2024, 256 S., € 24. ISBN 978-3-8031-3368-7.

Genius Loci

Jetzt kommen sie wieder alle aus ihren Löchern, stehen auf wichtigen Empfängen oder nach langen Lesungen zusammen und bilden bei lauten Partys kleine Klugscheißertrauben. Es sind die Italienversteher, die alle kulturelle Errungenschaften mit einer Charaktergeschichte des Mittagsvolkes erklären können. Es sind die Italienerverachter, die Deutschlands beliebteste Schimpfkanone Arthur Schopenhauer zitieren: »Der Hauptzug im Nationalcharakter der Italiener ist vollkommene Unverschämtheit.« Dazu kommen die Italiensehnsuchtgeplagten, die über den perfekten Monat für Venedig oder das Perfekte im Unperfekten philosophieren. Und am Schluss stimmen die Italienbegeisterten in den Chor der Sänger, Streiter und Schmeichler ein, schwärmen von Azurro und Crema über Portofino und Strega bis Vespa und Zabaione.

Die emsigen Binder der Lorbeerkränze werden dabei noch nicht mit den Niederungen des Lebens in Italien konfrontiert worden sein. Sie hatten noch nie einen Blinddarmdurchbruch in Venedig und durften den zweifelhaften Luxus der dortigen Krankenhäuser nicht erleben. Der Gefängnisaufenthalt von Giacomo Casanova in den sogenannten Bleikammern der Lagunenstadt wird nicht lausiger gewesen sein.

Die fleißigen Winzer der Vorurteilsreben hingegen saßen noch nie bei Mariano unter Oleanderbäumen und haben goldgelbe Polenta mit Wildschweinragout oder sein legendäres Hühnchen gegessen, das unter einem Ziegel gegrillt wird. Nur ein Herz aus Stein würde sich beim Blick über Viareggio auf das Meer nicht weiten.

Bella Italia – Paradies oder Alptraum? Die Wahrheit ist banal. Sie liegt wie immer irgendwo dazwischen. Sie ruht in überteuerten Badeanstalten, die sich an der Riviera die Strände wie ein Bärenfell aufgeteilt haben. Sie entspannt in Mailand in einer quirligen Osteria, in der man wie ein Stammgast behandelt wird. Und schließlich schläft sie nach einer wilden Nacht in Palermo, die Fellini nicht besser erfinden könnte. Oder um es mit dem Nationaldichter Pietro Volpe zu sagen:

»Die Nacht bringt die Kühle / mh, Neonlicht, Plastikstühle / Adriano singt von Liebe / und wir canceln unsere Flüge …« R. P.

Anmerkungen

Cecco Angiolieri (1260–1312), glücksspielsüchtig, verschwenderisch und mehrfach wegen Ruhestörung angeklagt, war ein Dichter von etwa hundert meist respektlos-satirischen Sonetten, in denen er u. a. den »Dolce stil novo« (vgl. Guido Guinizelli) verspottet. Hierzulande ist er nie wirklich entdeckt worden (trotz Richard Dehmels, s. d., Nachdichtung), und in Italien wäre er wohl auch längst vergessen, hätte nicht Fabrizio De André (1940–1999) sein bissiges »S'i' fosse foco, ardereï 'l mondo« massentauglich vertont. Das italienische Original zitieren wir hier allerdings nach: Gianfranco Contini (Hrsg.): Poeti italiani del Duecento. Bd. 2, Mailand/Neapel: Riccardo Ricciardi Editore, 1960, S. 377.

Gabriele d'Annunzio (1863–1938) war Romancier und Lyriker und wird heutzutage – wenn man sich nicht an die sprachfunkelnden Romane »Il piacere« (1889), »Il trionfo della morte« (1894) und »Il fuoco« (1900) erinnert – eigentlich nur noch mit seinen extravagant inszenierten militärischen Unternehmungen in Verbindung gebracht. Die Originale der hier erstmals in deutscher Übersetzung von Georg Holzer (s. d.) veröffentlichten Gedichte finden sich in seinem erstaunlichen Lyrikdebüt als Sechzehnjähriger: »Primo Vere« (Chieti: Tipografia G. Ricci, 1879). Gipfelpunkt von D'Annunzios Lyrik aber ist zweifellos »Alcyone« (Gedichte. Italienisch – Deutsch. Übersetzt von Ernst-Jürgen Dreyer und Geraldine Gabor unter Mitarbeit von Hans Krieger. Berlin: Elfenbein Verlag, 2013).

Pietro Bembo (1470–1547) war ein venezianischer Gelehrter, Dichter und Kardinal. Seine Abhandlung über den Ätna ist für die Geschichte der Typographie zentral, denn sein Verleger Aldo Manuzio (Manutius) druckte sie 1495 in einer von Francesco Griffo hierfür geschnittenen Schrift: der »De Aetna-Type«. Und auf diese gehen alle noch heute gut lesbaren Typen (auch die von uns hier verwendete Garamond) zurück. In seiner Abhandlung »Prose della volgar lingua« (1525) wies Bembo nach, dass auch das Italienische eine Literatursprache ist – für ihn allerdings nur in florentinischer Mundart, die seither als das beste Italienisch gilt. Das hier wiedergegebene Sonett, das Friedrich Wilhelm Genthe (s. d.) verdeutschte, findet sich im Band: Rime. Hrsg. von Carlo Dionisotti. Turin: Einaudi, 2001, S. 13.

Dino Campana (1885–1932), ein italienischer *poète maudit,* hat zu Lebzeiten nur eine einzige Lyriksammlung veröffentlicht: »Canti Orfici« (1914) – die er Kaiser Wilhelm II. widmete. Bereits als Jugendlicher war er starken Stimmungsschwankungen ausgesetzt und galt, nicht nur weil er gern philosophierte, seiner eigenen Familie als »zu deutsch«. Tatsächlich entwickelte er eine schwere Form von Schizophrenie und starb in einer Nervenheilanstalt. Mit der Schriftstellerin Sibilla Aleramo verband ihn eine unglückliche Liebesaffäre – Bruna Conti gab ihren Briefwechsel heraus: »Un viaggio chiamato amore. Lettere 1916–1918« (Mailand: Feltrinelli, 2000). Die hier abgedruckten Gedichte zitieren wir nach der Ausgabe von Fiorenza Ceragioli (Mailand: Rizzoli, 1989), die Übersetzungen hat Theresia Prammer (s. d.) angefertigt.

Giorgio Caproni (1912–1990) stammte aus Livorno und war Dichter, Literaturkritiker und Übersetzer aus dem Französischen (z. B. von Louis-Ferdinand Céline). Während des Zweiten Weltkrieges kämpfte er auf Seiten der Resistenza. Hierzulande erschien erst in seinem Todesjahr eine Auswahl aus seinem tausend Seiten umfassenden lyrischen Werk in Hanno Helblings Übersetzung (Gedichte. Stuttgart: Klett-Cotta, 1990). Der frühe Zyklus »Il seme del piangere« (1959) liegt seit einiger Zeit zweisprachig und verdeutscht von Stefan Ruess vor (Die Saat des Weinens. Bern: Edition taberna kritika, 2016). Die in der vorliegenden Ausgabe abgedruckten und von Theresia Prammer (s. d.) übersetzten Gedichte entstammen den Sammlungen: »Congedo del viaggiatore cerimonioso & altre prosopopee« (1965), »Il muro della terra« (1975), »Il franco cacciatore« (1982) und »Il Conte di Kevenhüller« (1984). Wir zitieren nach der Ausgabe »Tutte le poesie« (Mailand: Garzanti, 1999). Abdruck mit freundlicher Genehmigung des Verlags. © 1983, 1989, 1995 Garzanti Editore s.p.a., © 1999 Garzanti Libri s.p.a., Milano. Gruppo editoriale Mauri Spagnol.

Mattia Corrente (* 1987) stammt aus dem sizilianischen Dörfchen Librizzi in der Nähe von Messina. Er hat eine Schwäche für Calvino, Carver, Hemingway, Pavese, die Gedichte von Ignazio Buttitta und die Geschichten der Fischer von Stromboli. Er hat sich auch als Ghostwriter betätigt sowie kürzlich ein Kinderbuch veröffentlicht: »Cronache dell'Ade« (Mailand: Salani, 2024). Wir bringen hier erstmals und in der Übersetzung von Birgit Ulmer (s. d.) einen Auszug aus seinem bemerkenswerten Romandebüt »La fuga di Anna« (Palermo: Sellerio, 2022), das bereits ins Polnische, Tschechische und Französische übersetzt wurde. Abdruck mit freundlicher Genehmigung des Autors und seiner Agentin Laura Ceccacci, Rom.

Giovanni Della Casa (1503–1556) war ein Kleriker, der als päpstlicher Nuntius die Inquisition in Venedig einführte, am »Index librorum prohibitorum« mitwirkte und gegen die Reformation stritt. Aber er schrieb auch wundervolle Sonette, die Christoph Ferber (s. d.) für diese Ausgabe übersetzte. Die Originale zitieren wir nach dem Band »Rime« (Hrsg. von Stefano Carrai. Mailand: Mimesis, 2014). Sein bekanntestes Werk ist vermutlich das Erziehungsbuch »Galateo ovvero de' costumi« (postum 1558), das übrigens in einer schönen deutschen Ausgabe, übersetzt von Michael Rumpf, vorliegt: »Der Galateo. Traktat über die guten Sitten« (Heidelberg: Manutius Verlag, 1988).

Richard Dehmel (1863–1920), vor dem Ersten Weltkrieg noch als einer der bedeutendsten deutschsprachigen Lyriker angesehen, ist heute – zu Unrecht – völlig vergessen; man sollte ihn neu entdecken. Seine Nachdichtung von Cecco Angiolieris (s. d.) Sonett, das wir in dieser Ausgabe abdrucken, findet sich in dem Band: Aber die Liebe. Ein Ehemanns- und Menschenbuch. Mit Deckelzeichnung von Hans Thoma und Handbildern von Fidus. München: E. Albert & Co., 1893, S. 174 – darin übrigens auch ausgezeichnete Nachdichtungen von Li Bai (Li-tai-po), José de Espronceda, Paul Verlaine, Kornel Ujejski, François Villon, August Strindberg und José Zorrilla y Moral.

Beppe Fenoglio (1922–1963) stieß mit seinen frühen Erzählungen über den Partisanenkrieg auf Kritik, da sie mit der offiziellen, kommunistisch geprägten Geschichtsschreibung nicht übereinstimmten. Dreimal (1955, 1959 und 1963) wurde er für den Premio Strega nominiert. Aber während sein Autor, in zweiundzwanzig Sprachen übersetzt, heute in Italien als moderner Klassiker gilt, steht eine Würdigung hierzulande noch immer aus – auf Deutsch ist momentan nur das Romanfragment »Eine Privatsache« lieferbar (übers. v. Heinz Riedt. Zürich / Einsiedeln / Köln: Benziger, 1968; Neuausgabe: Berlin: Verlag Klaus Wagenbach, 2021). Sein 1968 postum erschienener und als »bedeutendste literarische Auseinandersetzung mit der Resistenza« gerühmter Roman »Il partigiano Johnny« ist zudem nur ein Bruchstück aus einem viel umfangreicheren Epos, das 2015 nach jahrzehntelangen editorischen Bemühungen von Gabriele Pedullà rekonstruiert werden konnte: »Il libro di Johnny«. In Kürze erscheint es nun, übersetzt von Helmut Schulze (s. d.), erstmals auf Deutsch: »Das Buch Johnny« (Wuppertal: Arco Verlag), aus dem wir mit freundlicher Genehmigung des Verlags ein Antipasto anbieten.

Christoph Ferber (* 1954) übersetzt aus dem Russischen, Italienischen (u. a. Gaspara Stampa, Ugo Foscolo, Eugenio Montale, Salvatore Quasimodo) und Französischen. 2014 wurde er für sein übersetzerisches Gesamtwerk mit einem der Schweizer Literaturpreise ausgezeichnet, 2016 erhielt er den Paul-Scheerbart-Preis für die Übersetzung des Gedichtbandes »Was bleibt (wenn es bleibt)« von Eugenio Montale (Mainz: Dieterich'sche Verlagsbuchhandlung, 2013). Er lebt in Ragusa auf Sizilien. Zuletzt erschien seine Übersetzung ausgewählter Sonette von Vittorio Alfieri (Berlin: Elfenbein Verlag, 2024).

Carolin Fischer (* 1962) ist Romanistin, Komparatistin und Hochschullehrerin an der Universität Pau. Sie wurde 1993 über Pietro Aretinos »Ragionamenti« promoviert und habilitierte sich 2005 mit der komparatistischen Studie »Der poetische Pakt« zur Liebeslyrik von Ovid, Petrarca, Ronsard, Shakespeare und Baudelaire (Heidelberg: C. Winter, 2007). Ihre

Forschungsschwerpunkte liegen in den Bereichen Rezeption, Kulturtransfer, Intermedialität, Literarische Übersetzung, Lyrik und »Erregende Literatur«.

Veronica Gambara (1485–1559) wurde in einem kleinen Ort in der Nähe von Brescia in eine adlige Familie hineingeboren. Sie genoss eine humanistische Ausbildung – studierte Philosophie, Theologie, Griechisch und Latein –, war mit Giberto VII. verheiratet, dem Condottiere von Corregio, das sie nach dessen Tod selbst regierte. Sie dichtete seit ihrer Jugendzeit, korrespondierte u. a. mit Pietro Aretino, Matteo Bandello und Bernardo Tasso, und mit Pietro Bembo (s. d.) stand sie sogar in einem Sonett-Briefwechsel. Das in dieser Ausgabe abgedruckte und von Martin Opitz (s. d.) nachgedichtete Sonett thematisiert ihre Liebe zu Giberto. Es findet sich in der von Alan Bullock herausgegebenen Sammlung »Le rime« (Florenz: Leo S. Olschki, 1995).

Friedrich Wilhelm Genthe (1805–1866) war Schriftsteller und Gymnasiallehrer in Eisleben. Er wurde 1828 mit einer Dissertation über scherzhafte lateinische Gedichte promoviert: »De poësi macaronica« (Jena, 1831). Seine Übersetzungen von Guido Guinizellis (s. d.) Kanzone sowie von Pietro Bembos (s. d.) Sonett, die wir beide in dieser Ausgabe abdrucken, finden sich im schönen alten »Handbuch der Geschichte der Italiänischen Litteratur« (Erläutert durch eine Sammlung übersetzter Musterstücke. Herausgegeben von Friedrich Wilhelm Genthe. Zweite Abtheilung. Die Italiänischen Dichter. Magdeburg: Ferdinand Rubach, 1834, S. 4–6 bzw. 10).

Guido Guinizelli (1230–1276) gilt als Begründer des »Dolce stil novo«, einer literarischen Bewegung in Italiens Norden, die – beeinflusst von der Sizilianischen Dichterschule und den Troubadours – die Liebe thematisiert. Seine Kanzone »Al cor gentil rempaira sempre amore« kann dabei als »Manifest« dieses süßen neuen Stils angesehen werden. Friedrich Wilhelm Genthe (s. d.) hat es übersetzt, wir zitieren es nach: Gianfranco Contini (Hrsg.): Poeti italiani del Duecento. Bd. 2, Mailand/Neapel: Riccardo Ricciardi Editore, 1960, S. 460–464.

Georges Güntert (* 1938) ist emeritierter Professor für Romanistik an der Universität Zürich, hat zu allen wichtigen literarischen Größen Italiens Studien veröffentlicht (von Boccaccio und Petrarca über Gaspara Stampa und Cellini bis hin zu Manzoni, Verga, Palazzeschi, Montale, Sciascia und Anna Felder) und zusammen mit Michelangelo Picone Dantes »Göttliche Komödie« herausgegeben (Florenz: Cesati, 2000–2002). Er ist darüber hinaus ein Kenner der portugiesischen wie der spanischen Literatur.

Tobias Herold (* 1983) lebt in Berlin. Im Elfenbein Verlag erschienen von ihm die Lyrikbände »Kruste« (2009) und »Ausfahrt« (2011). Von 2010 bis 2022 war er Mitbetreiber des Berliner Veranstaltungsortes »ausland« und hat dort unter anderem die Reihe »Lyrik im ausland« organisiert. Momentan arbeitet er an seinem dritten Gedichtband mit dem Arbeitstitel »April im Februar«. Oft tagträumt er von den Bagni La Scogliera in Genova-Nervi.

Andreas Holschuh (1957–1996) lebte in Sinsheim bei Heidelberg und arbeitete als Krankenpfleger. Seine Gedichte erschienen erstmals in den frühen neunziger Jahren in Anthologien und Zeitschriften, zuletzt in dieser hier, die damals noch im Copyshop, dafür aber in doppelt hoher Auflage vervielfältigt wurde. 1996 nahm er sich, nur wenige Wochen nachdem scin erstes Buch, »Unterderhand«, erschienen war, das Leben. Das hier abgedruckte Gedicht stammt aus seinem Nachlass. Zuletzt erschien: »Schraubstock« (Berlin: Elfenbein Verlag, 2021).

Georg Holzer (* 1974) ist Chefdramaturg für Oper, Ballett und Konzert am Staatstheater Nürnberg und übersetzt aus dem Französischen und Italienischen (u. a. Alexandre de La Patellière, Matthieu Delaporte, Jean Genet und Fausto Paravidino). Sein bisher umfangreichstes und herausforderndstes Übersetzungsprojekt war die gesammelte Liebeslyrik des französischen Renaissancepoeten Pierre de Ronsard (Hrsg. v. Carolin Fischer. Berlin: Elfenbein Verlag, 2006–2017). Für dessen Gedichtzyklus »Amoren für Cassandre« erhielt er 2008 den André-Gide-Preis der DVA-Stiftung.

Britta Jürgs (* 1965) ist Verlegerin in Berlin. Nach ihrem Studium der Germanistik, Romanistik und Kunstgeschichte gründete sie 1997 den mittlerweile mehrfach preisgekrönten

AvivA Verlag, in welchem sie auch als Herausgeberin von Büchern über Frauen in der Kunst- und Literaturgeschichte wirkt. Als Redakteurin der Zeitschrift »Virginia« schreibt sie zudem Rezensionen (wie auf S. 147–149 exklusiv für uns). 2011 wurde sie für ihr Engagement als »BücherFrau des Jahres« ausgezeichnet und 2021 mit der Rahel-Varnhagen-von-Ense-Medaille der Stiftung Preußische Seehandlung geehrt.

Michael von Killisch-Horn (* 1954) lebt als Übersetzer aus dem Französischen und Italienischen in München. Er war Mitherausgeber der Zeitschriften »Sirene« (1988–1996) und »metaphorá« (1997–2001). 1992 wurde er insbesondere für seine Übersetzung der Lyrik Giuseppe Ungarettis (Vita d'un uomo. 4 Bände. Übers. zus. mit Angelika Baader; München: Kirchheim, 1991–2001) mit einem der Bayerischen Kunstförderpreise ausgezeichnet. Seit 2013 beschäftigt er sich intensiv mit der Literatur aus Québec. 2020 gab er ein Heft der Zeitschrift »die horen« mit aktueller Literatur von dort heraus. Er übersetzt zudem die Romane von Michel Jean und anderer indigener Autoren aus dieser Region.

Klabund (1890–1928) war das Pseudonym von Alfred Henschke – neben Stefan Trakl, Georg Heym, Gottfried Benn und Ernst Stadler eine der Zentralfiguren der expressionistischen Lyrik. Von seinen »grandiosen Romanen« (Marcel Reich-Ranicki) war »Borgia« (1928), in dem er in avantgardistischer Schreibtechnik, aber für ein breiteres Publikum, vom Machthunger, den Intrigen und Perversionen der berühmt-berüchtigten Familiendynastie erzählt, sein bis heute international erfolgreichster Prosatext. Wir zitieren aus seiner postum 1929 im Wiener Phaidon-Verlag erschienenen »Literaturgeschichte« (Die deutsche und die fremde Dichtung von den Anfängen bis zur Gegenwart. Hrsg. von Ralf Georg Bogner. Berlin: Elfenbein Verlag, 2012).

Christoph Klimke (* 1959) lebt, wenn er nicht im *bel paese* weilt, in Berlin und Heidelberg. Neben Lyrik schreibt er Prosa, Essays, Theaterstücke und Opernlibretti. Er hat Prosa von Pier Vittorio Tondelli übersetzt und Drehbücher für Dokumentarfilme über Pier Paolo Pasolini und Alberto Moravia geschrieben. Sein Werk wurde mehrfach ausgezeichnet, unter anderem mit dem Ernst-Barlach-Preis für Literatur. Im Elfenbein Verlag erschienen neben seinem Essay über Pasolini, »Dem Skandal ins Auge sehen« (2015), auch die Gedichtbände »Fernweh« (2013), »Das Alphabet des Meeres« (2019) und soeben »Eine Partitur aus Fährten« (2024).

Vivian Lamarque (* 1946) ist Enkelin eines waldensischen Pfarrers und wurde im Trentino geboren, wuchs aber in Mailand (wo sie noch heute lebt) als Adoptivkind in einer katholischen Familie auf. Sie schreibt seit 1996 für den »Corriere della Sera«, hat bereits eine Vielzahl an Gedicht- und Prosabänden sowie Kinderbüchern veröffentlicht und u. a. Werke von La Fontaine, Valéry, Prévert und Baudelaire übersetzt. Für ihren ersten Lyrikband »Teresino« (Mailand: Società di poesia, 1981) erhielt sie den »Premio Viareggio Opera Prima« und seither zahlreiche weitere Preise – 2023 für »L'amore da vecchia« (Mailand: Mondadori, 2022) den »Premio Strega Poesia«. Aus jenem Band stammen die hier abgedruckten und von Theresia Prammer (s. d.) verdeutschten Gedichte. Abdruck der Originale mit freundlicher Genehmigung des Verlags: © 2022 Mondadori Libri S.p.A., Milano.

Jakob Leiner (* 1992) ist Arzt und Schriftsteller und hat bereits fünf Lyrikbände und zwei Romane veröffentlicht. Seine Gedichte sind in verschiedenen Literaturzeitschriften (u. a. in »Konzepte«, »Das Plateau« und »Das Gedicht«) sowie im »Jahrbuch der Lyrik« erschienen. Die Sammlung »Gewetter« (Berlin: Quintus Verlag, 2022) – in dem übrigens auch zwei Italien-Gedichte enthalten sind, die so famose Titel tragen wie: »02. 05. Castello di Duino, bei Trieste, 11–13 Uhr« oder »27. 11. Via dei Laghi, bei Rocca di Papa, Lago Albano, 13 Uhr« – stand 2023 auf der Shortlist für den Anna-Haag-Preis. Soeben erschien die von ihm herausgegebene Sammlung »Ah, ein Herz, verstehe« mit »Gedichten von Heilenden und Kranken aus 500 Jahren« (Berlin: Quintus Verlag, 2024). Leiner lebt in Freiburg im Breisgau.

Max Mahlow (* 1955) ist ein Maler und Zeichner, der in Berlin lebt und arbeitet, wenn er nicht auf Reisen ist. Er hat eine recht eigene Art entwickelt, mit Spraylack aus Dosen umzugehen; einen ersten Eindruck davon vermittelt seine Homepage: www.maxmahlowmalerei.de. Von den »Esercizi italiani«, die die metamorphosen 62 begleiten, zeigen »Taormina« und »La notte delle stelle« (2023) diesen Stil. Alle weiteren Zeichnungen sind 2024 speziell für die vorliegende Ausgabe entstanden, wobei auf persönliche Erinnerungen zurückgegriffen werden konnte, wenn auch nicht direkt auf Brioni und Ferrari … Abdruck erfolgt mit freundlicher Genehmigung des Künstlers: © 2023/2024 Max Mahlow.

Andreas Maier (* 1967) ist Schriftsteller. Er hat Altphilologie, Germanistik und Philosophie studiert, wurde über die Prosa Thomas Bernhards promoviert und debütierte im Jahr 2000 mit dem Roman »Wäldchestag«. Maier erhielt zahlreiche Literaturpreise, unter anderem den aspekte-Literaturpreis des ZDF, den Wilhelm-Raabe-Literaturpreis, den Franz-Hessel-Preis und das Arno-Schmidt-Stipendium. 2006 lebte er für ein Jahr in der Villa Massimo in Rom. Maier schreibt für verschiedene Zeitungen, unter anderem die »Frankfurter Allgemeine Zeitung« und »Die Zeit« und verfasst seit 2004 die Kolumne »Neulich« für die Zeitschrift »Volltext«. In seinem auf elf Teile angelegten, autobiografisch grundierten Romanzyklus »Ortsumgehung« (Suhrkamp) nehmen eine Ferienwohnung in Südtirol und eine weitere im Piemont eine nicht ganz unwichtige Rolle ein. 2003 hatte Maier die Mainzer, 2006 die Frankfurter und gerade eben die Heidelberger Poetikdozentur inne. Den Text »Rom. Fahrradblicke« hat er exklusiv für die vorliegende Ausgabe geschrieben.

Marko Martin (* 1970) verließ im Mai 1989 als Kriegsdiensttotalverweigerer die DDR und lebt, sofern nicht auf Reisen, als Schriftsteller in Berlin. Er veröffentlichte u. a. in der »Anderen Bibliothek« zwei Erzählbände sowie den Essayband »Dissidentisches Denken. Reisen zu den Zeugen eines Zeitalters« (2019), dazu literarische Tagebücher über Tel Aviv, Hongkong, Havanna und Südafrika. Nach dem Essayband »›Brauchen wir Ketzer?‹ Stimmen gegen die Macht« (Wuppertal: Arco Verlag, 2022) erschien soeben: »Und es geschieht jetzt. Jüdisches Leben nach dem 7. Oktober« (Stuttgart: Tropen Verlag, 2024). Den Text »Neapel« hat er exklusiv für die vorliegende Ausgabe geschrieben.

Ursula Menzer (1950–2021) lebte in Hamburg, war Kunsthändlerin und studierte dann Philosophie, Literaturwissenschaft und Kunstgeschichte. Sie promovierte über »Georg Simmels Philosophie der Geschlechter vor dem Hintergrund seines Kultur-Begriffs«. Als freie Autorin schrieb und produzierte sie u. a. mehr als dreißig Rundfunk-Features. Ihr Buch »ER/SIE« befasst sich in Form konkreter Poesie mit der Verteilung von ER und SIE in der deutschen Sprache. Postum erschienen ihre »Aurora-Protokolle« (Berlin: Elfenbein Verlag, 2021). Der in der vorliegenden Ausgabe abgedruckte Text wurde 2020 im Deutschlandfunk gesendet.

Michaela Maria Müller (* 1974) ist Schriftstellerin. Nach einer Ausbildung zur Verlagskauffrau arbeitete sie als Buchhändlerin und Journalistin und schloss ein Studium der Geschichte und Politikwissenschaften mit einer Arbeit über das Cricket-Spiel in England und Indien ab. Sie führt den Sonntagssalon im S.-Fischer-Haus, schreibt Romane und Erzählungen, publiziert Essays und Reportagen u. a. für die »Die Zeit«, die »Süddeutsche Zeitung« oder den »Merkur«. Kürzlich erschien ihr Roman »Zonen der Zeit« (Berlin: Quintus Verlag, 2024). Sie lebt in Berlin. Den Text »Nach Italien, Europa« hat sie exklusiv für die vorliegende Ausgabe geschrieben.

Martin Opitz (1597–1639) wurde im niederschlesischen Bunzlau geboren, studierte in Heidelberg Philosophie und Jura, floh vor dem Großen Krieg in die Niederlande, kehrte über Jütland und Siebenbürgen nach Schlesien zurück, wo er das – für die deutsche Lyrik lange Zeit einflussreichste – »Buch von der Deutschen Poeterey« (1624) schrieb, und gilt seither als Begründer der deutschen Dichtung überhaupt. Das von ihm nachgedichtete Sonett Veronica Gambaras (s. d.), das wir in dieser Ausgabe abdrucken, gibt Zeugnis von seinem Interesse an der Literatur Italiens, deren mehrhundertjähriger Vorsprung ihn ganz offensichtlich frappierte. Es findet sich u. a. in den von George Schulz-Behrend herausgegebenen »Gesammelten Werken« (Stuttgart: Anton Hiersemann, 1989).

Theresia Prammer (* 1973) hat Romanistik studiert, übersetzt aus dem Italienischen und Französischen, ist Herausgeberin zahlreicher Anthologien (z. B. zu Pier Paolo Pasolini, Eugenio Montale oder Ghérasim Luca) und nicht zuletzt durch ihren Literatursalon »Attico« und das von ihr gegründete »Dante-Zentrum für Poesie und Poetik« eine preisgekrönte Vermittlerin italienischer Literatur in der deutschsprachigen Welt. Gerade erschien eine Sammlung mit ihren Übersetzungen der Gedichte Giovanni Pascolis: »Nester« (Göttingen: Wallstein Verlag, 2024).

Serena Scarel (* 1960) ist im friulanischen Terzo di Aquileia geboren, hat Medizin studiert und lebt seit vielen Jahren als Ärztin für Neurologie und Psychiatrie in Monaco di Baviera – in München also, das vielleicht die italienischste der deutschen Städte ist. »Una scelta« (Triest: Casa Editrice Vita Activa Nuova, 2023), aus dem wir hier das (unwesentlich gekürzte) 8. Kapitel – in der Übersetzung von Michael v. Killisch-Horn (s. d.) – erstmals auf Deutsch abdrucken, ist ihr erstaunliches und »sehr triestinisches« Romandebüt (meint Sergio Rotino in »Satisfiction«). Abdruck mit freundlicher Genehmigung des Verlags: © 2023 Casa Editrice Vita Activa Nuova.

Francesco Maria Tipaldi (* 1986) lebt als Lyriker und Apotheker im kampanischen Nocera Inferiore. Er debütierte bereits als Zweiundzwanzigjähriger mit der Sammlung »Humus« (Forlì: L'Arcolaio, 2008). Seither erschienen u. a. der mit dem deutschsprachigen Titel versehene Band »Traum« (2014) und »Nuova Poesia Extraterrestre« (2016). Seine Gedichte wurden bereits ins Englische und Spanische übersetzt. In der sehr zu empfehlenden Anthologie »Die Maulposaune« (Heidelberg: Verlag Das Wunderhorn, 2019) liegt seit einigen Jahren eine Auswahl seiner Lyrik auf Deutsch vor – nachgedichtet u. a. von Ernest Wichner (s. d.), der auch die Gedichte für die vorliegende Ausgabe – Originale aus der Sammlung »Spin 11/10« (Faloppio: LietoColle, 2019) – verdeutschte. Abdruck mit freundlicher Genehmigung des Autors: © 2019 Francesco Maria Tipaldi.

Helmut Schulze (* 1954) hat eine kaufmännische Lehre absolviert und ein Studium der Germanistik und Italianistik abgebrochen. Er lebt, nach Umwegen über Wolfsburg, Berlin und Rom, im umbrischen Amelia, wo er dichtet (https://parallalie.de) und übersetzt (z. B. Arrigo Boito und James Joyce). Mit der Sammlung »tetraglott« (Wuppertal: Arco Verlag, 2022) unterläuft er in einem Formexperiment den Brauch, Gedichte entweder nur im Original oder zusätzlich in ihrer Übersetzung darzubieten, und lässt sie in vier Sprachen babylonisch nebeneinander erklingen und sich reimen.

Birgit Ulmer (* 1975) studierte Italianistik und Germanistik in Stuttgart und Florenz und wurde mit einer Arbeit über Angelo Poliziano, Giambattista Marino und Ugo Foscolo promoviert. Sie lebt als freie Lektorin und Übersetzerin in der Nähe von Oldenburg und ist Mitherausgeberin der italianistischen Zeitschrift für Kulturwissenschaft und Gegenwartsliteratur »Horizonte – Neue Serie« (www.horizonte-zeitschrift.de), die wir sehr empfehlen! Kürzlich erschien ihre Übersetzung von Ilva Fabianis Roman »Meine langen Nächte« (Göttingen: Steidl Verlag, 2023). Auch den in der vorliegenden Ausgabe abgedruckten Auszug aus Mattia Correntes (s. d.) Roman hat sie übersetzt.

Ernest Wichner (* 1952) wuchs als Angehöriger der deutschen Minderheit in Rumänien auf. Er war Mitgründer der literarischen »Aktionsgruppe Banat«, die von der »Securitate« observiert wurde. 1975 übersiedelte er in den Westen und lebt seither als Schriftsteller und Übersetzer in Berlin. Von 2003 bis 2017 leitete er das hiesige Literaturhaus. Er hat eine Vielzahl von Anthologien herausgegeben, sieben eigene Gedichtbände publiziert (zuletzt: Heute Mai und morgen du. Frankfurt a. M.: Schöffling & Co., 2022) und zahlreiche rumänische Autoren übersetzt, so z. B. Norman Manea, Gellu Naum, Mircea Cărtărescu, Cătălin Mihuleac oder Tatiana Țîbuleac – und für die vorliegende Ausgabe (und nicht zum ersten Mal) einen italienischen nachgedichtet: Francesco Maria Tipaldi (s. d.).

Alle Beiträge sind, sofern nichts anderes vermerkt, deutschsprachige Erstveröffentlichungen.

metamorphosen
Zeitschrift für Literatur
Gegründet 1991 in Heidelberg

21. Jahrgang, Nummer 62 (Oktober 2024)
Herausgegeben von Ingo Držečnik und Roman Pliske
ISBN 978-3-96160-900-9
ISSN 0941-3138

Redaktionsanschrift und Verlag:
metamorphosen, c/o Elfenbein Verlag, Gaudystraße 7, 10437 Berlin · Fon: (030) 44 32 77-69
E-Mail: post@metamorphosen-zeitschrift.de · Internet: www.metamorphosen-zeitschrift.de
Instagram: @metamorphosen.zeitschrift

Verantwortlicher im Sinne des Presserechts (inkl. Anzeigen): Ingo Držečnik

 Die Überschriften zu den Buchbesprechungen auf S. 142 ff. entstammen Francesco Maria Piaves Libretto zu Giuseppe Verdis Oper »Macbeth«. Wir zitieren nach der Erstausgabe (Florenz: Tipografia di G. Galletti, 1847).

Bezugsbedingungen:
Die »metamorphosen« erscheinen halbjährlich im Oktober zur Frankfurter und im März zur Leipziger Buchmesse. Einzelpreis: € 10,00. Jahresabonnement: € 18,00. Innerhalb Deutschlands versandkostenfrei.

Manuskripte:
Bitte per Post mit Angabe einer E-Mail-Adresse und, sofern wir etwas zurücksenden sollen, mit ausreichend frankiertem Rückumschlag. Eine Gewähr für Eingesandtes kann allerdings nicht übernommen werden. Bitte beachten Sie die angekündigten Themen.

Redaktionsschluss und Drucklegung der vorliegenden Ausgabe: 02. 09. 2024
Umschlaggestaltung: Oda Ruthe, unter Verwendung eines Porträts von Dante Alighieri
Druck und Einband: Finidr s.r.o., Lípová 1965, 737 01 Český Těšín
Auflage: 1 000 Exemplare
Printed in Europe

Thema der nächsten Ausgabe (März 2025): Griechenland
Einsendeschluss für Manuskripte: 01. 12. 2024